EISDRACHE

EIN PARANORMALER LIEBESROMAN

DRACHEN-MILLIARDÄRSIMPERIUM BUCH 2

JADA COX

Eisdrache

Ein paranormaler Liebesroman

Drachen-Milliardärsimperium Buch 2

Jada Cox

❀ Erstellt mit Vellum

1

MICHAEL

Michael Koff war stolz auf die präzise Arbeit, die er in der Abteilung für die Akquisition magischer Objekte bei InnoCell leistete. Heute allerdings leistete er nur einen Patzer nach dem anderen.

Er tippte auf den transparenten Bildschirm. Dieser zeigte jedoch keine Suchergebnisse für seine Anfrage in den digitalen und magischen Archiven des Unternehmens an. Auch keine in allen öffentlich zugänglichen und für Inno-Cell lizenzierten Datenbanken. Stundenlang hatte er einen Begriff nach dem anderen eingegeben, ein Keyword nach dem anderen, und nichts hatte ihm dabei geholfen, das Rätsel zu lösen, das ihm am Abend zuvor in den Schoß gefallen war.

„Suche: Artefakt-Archive, die von unbekannten, alten Zivilisationen übrig geblieben sind", sagte er, und das Tablet – ein hybrides, also sowohl magisches als auch elektronisches Gerät – summte, bevor es die Suche fortsetzte.

Auf einem metallenen Sockel, der in der Mitte von Michaels Büro schwebte, befand sich ein gläserner Stulpenhandschuh. Er war absolut transparent, bis auf einen zarten, regenbogenfarbenen Glanz, der im Sonnenlicht auf dessen Oberfläche glitzerte. In seinem Inneren, in der Handfläche des Handschuhs, befand sich eine winzige Kugel aus goldenem Licht. Trotz der vielen Male, in denen er den Handschuh verändert hatte, damit er ihm perfekt passte, hatte er nicht erspüren können, welche Art von Magie in ihm steckte. Oder welchem Zweck sie diente.

Genauso wenig wie alle Ressourcen, die ihm zur Verfügung standen. Das Tablet gab ein dumpfes Klopfen von sich, ein Geräusch, das für Michael zum Synonym für Enttäuschung geworden war. Nicht ein einziges Mal hatte ihn die umfangreiche Wissensdatenbank, die InnoCell – die Firma, die er und seine Freunde im Schweiße ihres Angesichts aufgebaut hatten – angelegt hatte, zuvor im Stich gelassen.

„Suche: Energiespeichernde Artefakte", sagte er und schritt auf die Glaswand seines Büros mit Blick auf die Stadt zu.

Sein Büro war nicht so groß oder pompös wie das seines besten Freundes Danny, der die Firma leitete. Aber Michael verbrachte selten mehr als ein paar Stunden hier drin. Heute war eine Ausnahme. Wenn er die Eigenschaften des seltsamen Handschuhs nicht bis zum Abendessen würde herausfinden können, dann müsste er seine Suche in der eigentlichen Abteilung für magische Akquisitionen fortsetzen.

Normalerweise war er so gut in seinem Job, dass er keine ihrer hoch entwickelten Analysegeräte brauchte, um den Zweck eines Artefakts zu bestimmen. Zuerst hatte er das Artefakt als eine Herausforderung betrachtet, ein Rätsel, das er nach reiflicher Analyse nach einiger Zeit schon würde knacken können. In der Regel bereitete ihm das Freude. Aber jetzt hatte er diesen Zustand schon vor

Stunden verlassen und war dem der Frustration gefährlich nahe.

Hätte der anonyme Spender dieses Artefakts irgend-welche Informationen mitgeliefert, wäre das wahrscheinlich nicht der Fall. Leider hatte er jedoch behauptet, nichts darüber zu wissen. Und dieses *Nicht-Wissen* schien sich fort-setzen zu wollen.

Michael mochte es nicht, nichts zu wissen.

Es war sein Job, so etwas zu wissen. Genauso wie es Liams Job war, jedes Detail über jede Person zu kennen, die wie eine Ameise in ihrem jeweiligen Fahrzeug unter dem wachsamen Auge von InnoCell über den Asphalt kroch. Michael verfolgte einen silbernen SUV, der die Straßen von Blackfall durchquerte, als könnte er irgendwie die Geheim-nisse lüften, die in Michaels Kopf festsaßen.

Jahre waren vergangen, seit Michael das letzte Mal ernsthaft in Erwägung gezogen hatte, in die Archive aus Dokumenten und Büchern in den untersten Etagen von InnoCell hinabzusteigen. Diese Forschungsmethoden hatten sie längst hinter sich gelassen, denn InnoCell hatte das ganze Prozedere revolutioniert, indem es zahlreiche der kostbaren Dokumente über magische Artefakte digitalisiert hatte, die früher nur in speziellen Sammlungen verfügbar gewesen waren.

In diesem Fall hatte ihm das aber bislang überhaupt nicht geholfen.

„Störe ich dich bei etwas?", fragte eine tiefe Stimme hinter ihm.

Michael blinzelte und bewegte sich zunächst nicht. Dann trat er vom Fenster weg. Ein zartes Gitterwerk aus Raureif bildete sich wellenförmig an der Glasscheibe, genau an der Stelle, an der er noch vor wenigen Augenblicken gestanden hatte. Das passierte immer, wenn er sich in einem Zustand tiefer Konzentration befand und seine Magie nutzte, um die Welt um sich herum unbewusst zu verändern. Da er ein Eisdrache war, zeigten sich die Folgen seiner Magie normalerweise in solch eigentümlichen Mustern wie diesem.

Er räusperte sich und strich sich eine Strähne seines langen, silbrig-weißen Haares hinters Ohr, als er sich seinem unerwarteten Besucher zuwandte. „Überhaupt nicht", erwiderte er, „ich habe nur nachgedacht."

Der Mann, Troy Frest, betrat das Büro, als gehörte es ihm. In gewisser Hinsicht tat es das auch. Genau wie Michael war auch er eines der Vorstandsmitglieder von InnoCell. Aber das hier war Michaels Büro, und es gab nur sehr wenige Leute, die es betreten konnten, ohne Angst zu haben, in eine Eisschicht gehüllt und hinausgeworfen zu werden, bevor sie recht wussten, wie ihnen geschah. Obwohl Michaels Magie streng genommen nicht darin bestand, Eis zu generieren, war das ein Nebeneffekt seiner eigentlichen Fähigkeiten.

„Ich habe gehört, dass du ein kompliziertes Projekt hast", sagte Troy und näherte sich dem schwebenden Podest. Er hob die Augenbrauen angesichts des seltsamen Gegenstands und streckte seinen muskulösen Arm aus, um es zu berühren.

Michael sog den Atem ein und ließ Troy erstarren. Ein paar Schneeflocken tänzelten um ihn herum, und Michael schob Troy aus dem Weg und nahm das Artefakt von seinem Platz. Er atmete aus, und der Schnee schmolz und hinterließ ein paar Wassertropfen auf dem polierten Boden; der einzige Beweis, der von seiner Verlangsamung der Zeit übrig geblieben war.

Troy blinzelte und stolperte, als er bemerkte, dass der Handschuh weg war. Er rieb sich die Hand, wo Michael ihn berührt hatte, und verschränkte dann die Arme. „War das wirklich nötig?"

„Der Umgang mit unbekannten Artefakten ist sehr gefährlich, Troy", sagte Michael und konnte nicht verhindern, dass die Verärgerung in seiner Stimme zu hören war. Sie hatte diesen scharfen, eisigen Unterton bekommen, für den er so berühmt war.

„Erst heute Morgen hat Evan mir erzählt, dass du mit dem Ding herumgefuchtelt und damit geprahlt hast, dass du ein cooles neues Artefakt hast, mit dem du spielen kannst."

„Klingt das wirklich nach mir?"

Troy neigte nachdenklich den Kopf. „Hmm ... Jetzt, wo sagst, eher nicht. Du nimmst deinen Job viel zu ernst."

„Und du nimmst deinen nicht ernst genug. *Du* solltest besser als ich wissen, wie gefährlich Artefakte sein können."

Obwohl Michael geschickt darin war, Artefakte zu erwerben und zu identifizieren, hatte er nicht die technischen Fähigkeiten, die Geduld oder die richtige Magie, um sie selbst herzustellen. Von allen, die bei InnoCell arbeiteten, war Troy der Einzige, der das konnte. Diese Macht ermöglichte ihm einen beispiellosen Einfluss auf die Projekte der Firma. Aber zum Glück hatte Troy Verstand genug, um normalerweise nicht allzu weit von InnoCells primärem Ziel abzuweichen: die Welt für alle zu verbessern, nicht nur für magische Wesen.

Normalerweise.

Schließlich hätte er Blackfall einmal fast in die Luft gesprengt, weil er nicht die nötigen Vorsichtsmaßnahmen getroffen hatte, bevor er eine neue Design-Idee, die ihm gekommen war, ausprobiert hatte. Oh, Moment mal. Das war zweimal passiert.

„Ich spüre da einen unausgesprochenen Groll", sagte

Troy in einem leicht spöttischen Ton. „Willst du darüber reden?"

Michael reagierte nicht. Er starrte wieder aus dem Fenster und war sich nur des leisen Pulsierens der Magie in dem Handschuh bewusst, der in seinen Armen lag. Er drückte ihn eng an die Brust und konzentrierte sich dank seiner Wärme auf etwas, das sich außerhalb der materiellen Welt befand, während Troy vor sich hin plapperte, dass Michael einen guten Therapeuten bräuchte. Seltsamerweise war sich auch Michael selbst nie ganz im Klaren darüber.

Irgendetwas an diesem Stulpenhandschuh rief nach ihm. In Anbetracht der ungewöhnlichen Umstände, unter denen er zu InnoCell gelangt war, konnte er ihn nicht einfach so als „nicht identifizierbar" ignorieren. Er musste irgendwo eingeschlossen und beschützt werden. Oder man musste sie vor *ihm* beschützen, denn es war selten, dass ein Artefakt in die Hände der Firma gelangte, ohne dass man im Gegenzug Millionen von Dollar dafür erwartete.

Vielleicht war es ein Geschenk. Oder ein Versuch ihrer Feinde, sie zu sabotieren. Es gab viele, die sich die Zerstörung von InnoCell auf die Fahnen geschrieben hatten, und keiner hatte sich diesem Ziel mehr gewidmet als die Claws, eine Gruppe von rivalisierenden Drachen-Gestaltwandlern.

„Hörst du mir überhaupt zu?", fragte Troy.

„Nein", antwortete Michael, drehte sich dann aber doch zu seinem Freund. „Ich habe überlegt, das Abendessen ausfallen zu lassen, das hier im Tresorraum abzugeben und meine Nachforschungen in den Archiven im Keller fortzusetzen."

„Nachforschungen?", lachte Troy. „Komm schon, ich kann nicht glauben, dass du das immer noch alleine machst. Du weißt, dass wir mindestens ein Dutzend Leute dafür bezahlen, oder? Deine Zeit solltest du lieber anderswo einsetzen."

„Die Identifizierung von Artefakten ist ein wichtiger Teil meiner Arbeit bei InnoCell. Wenn das dieses Mal bedeutet, dass ich manuell recherchieren muss, dann ist das eben so."

„Wenn du darauf bestehst zu gehen, solltest du zumindest jemanden mitnehmen, der dir hilft", sagte Troy mit einem neckischen Grinsen und fuhr sich mit der Hand durch sein blondes Haar. Man hörte ein leises, elektrisches Knistern, als er seine Magie aktivierte.

Daraufhin runzelte Michael die Stirn. Sein Freund führte doch etwas im Schilde.

Michael jedoch hatte keine Zeit für Spielchen. Er hatte bereits den ganzen Tag damit verbracht, das Artefakt zu identifizieren – ohne Erfolg. Er hatte bereits seine Termine für die nächsten zwei Tage nach hinten schieben müssen. Egal wie, er würde dieses Rätsel lösen. Die Sicherheit von InnoCell konnte davon abhängen. Vielleicht sollte er auch Liam zurate ziehen, da dieser für die Unternehmenssicherheit von InnoCell zuständig war. Wenn die Claws etwas vorhatten, könnte er vielleicht auch etwas Licht in das Geheimnis um den Handschuh bringen.

Er würde die Nacht damit verbringen, in den Archiven zu recherchieren, und sich morgen mit Liam treffen und gegebenenfalls eine neue Strategie aushecken.

„Nein, danke", erwiderte Michael. „Ich ziehe es wirklich vor, allein zu forschen." Er warf Troy einen eisigen Blick zu, aber dieser war bereits so an Michaels frostiges Verhalten gewöhnt, dass er wenig Wirkung zeigte.

Tatsächlich wurde sein Grinsen nur noch schelmischer. „Komm schon. Hast du unsere Forschungsassistentinnen noch nicht gesehen? Ein paar von ihnen sind *echt* klasse. Danny hat wirklich ein gutes Auge."

Michael warf ihm wieder einen tödlichen Blick zu.

„... hatte ein gutes Auge, meine ich." Troy zuckte mit den Schultern, aber er fuhr ungeniert fort. „Da gibt es diese rothaarige Schönheit, Loretta, die ein Auge auf mich geworfen hat. Während wir an den magischen Komponenten des Lifesavers gearbeitet haben, habe ich sie gebeten, mit mir ein wenig ‚physische Forschung' zu betreiben, wenn du verstehst, was ich meine."

Michael schockte das wenig, denn er wusste, wie weit seine Freunde und Kollegen in der Regel gingen, um ihre unersättliche Lust zu stillen. Die meisten männlichen Gestaltwandler waren so, und Michael konnte nicht behaupten, dass er früher anders gewesen war. Auch er hatte früher mit jeder Frau geschlafen, die auch nur ein Fünkchen Interesse an ihm gezeigt hatte. Wenn das einmal der Fall gewesen war, hatte er keine Mühe gehabt, sie zu mehr zu überreden. Viele Frauen, auch wenn sie von seinem eisigen Auftreten abgeschreckt gewesen waren, hatten ihn attraktiv genug gefunden, um zumindest einmal mit ihm zu schlafen.

Aber er hatte in diesen Jahren eine Menge über sich selbst gelernt. Jetzt machte er sich selten die Mühe. Es war nicht so, dass er nicht wollte ... Aber irgendetwas hatte bei all den Frauen, mit denen er eine Nacht verbracht hatte, gefehlt, und er hatte nie genau sagen können, was.

„Ich fürchte, ich verstehe dich, ja", antwortete Michael und schritt an Troy vorbei, in Richtung seiner Bürotür. „Wenn du mit deinem Unsinn fertig bist und deine nervige, kindische Neugierde befriedigt hast, habe ich mich um ernsthafte Angelegenheiten zu kümmern. Unten."

Er zog die Tür auf.

„Warte, warte, warte", beschwichtigte ihn Troy, als er

hinter Michael nach draußen in den Flur trat, „ich verarsche dich nur."

Michael ließ die Tür wieder zufallen, aber anstatt sich zu seinem Freund umzudrehen, umklammerte er den Stulpenhandschuh noch ein wenig fester. Er hatte noch nie so lange gebraucht, um den Namen von etwas ausfindig zu machen. Angesichts der sorgsam sortierten Ordner in seinem Kopf bedeutete dies eine unerwünschte Anomalie. Wenn er nicht herausfinden könnte, was der Handschuh wirklich war, würde er einen Spitznamen dafür brauchen.

„Ich bin mir sehr darüber im Klaren, dass du Witze machst", sagte Michael.

„Komm schon. Willst du heute wirklich Mr. Eiskalt spielen? So nennt dich die Presse heutzutage, weißt du."

„Ich bezweifle, dass selbst die Jauchegrube namens Boulevardmedien so tief fallen würde. Aber es würde mich auch nicht überraschen." Endlich wandte er sich wieder Troy zu. „Was willst du wirklich?"

„Das ganze Zeug über die Forschungsassistentinnen ... Ich habe nur Spaß gemacht."

Daraufhin brachte Michael ein verwirrtes Lächeln zustande: „Nein, hast du nicht. Ich weiß zufällig, dass Loretta dich ziemlich gernhat. Vor allem seit deinem letzten nächtlichen Trinkgelage im Labor. Obwohl ich mich daran erinnere, dass du Danny erzählt hast, du würdest dort dringend benötigte Tests für den Lifesaver durchführen."

„Dringend benötigter Beischlaf ist der beste Beischlaf. Du weißt ja, was man sagt", erwiderte Troy mit einem Augenzwinkern.

„Keiner sagt das."

„Du verstehst nicht, worum es geht. Ich habe das alles nur erwähnt, weil ich dachte, du würdest meinen Rat befolgen."

Michael trommelte auf die Spitze des Stulpenhand-
schuhs, was seine Ungeduld verriet. „Welchen Rat genau?
Dass ich einen Skandal mit einer unserer Mitarbeiterinnen
riskieren soll oder dass ich unsere Forschungsassistenten
für das einsetzen soll, wofür wir sie bezahlen – Forschung?"

„Beides."

Daraufhin   hob   Michael   unbeeindruckt   eine
Augenbraue.

„Schau mal, Michael, ich weiß, dass du gerne allein
arbeitest und deinen eigenen Regeln folgst. Das ist auch in
Ordnung. Aber dein Arbeitspensum hat sich in den letzten
ein, zwei Jahren vergrößert, nicht wahr? Und besonders seit
dem Erfolg mit dem Lifesaver vor ein paar Monaten …"

„Das hat es, aber ich bin bisher gut zurechtgekommen.
Meine Arbeit ist vertraulich und wichtig."

Troy ignorierte diese Aussage und fuhr fort: „Ich denke,
du solltest dir einen Assistenten suchen. Wenn du
niemanden willst, der dir bei deinen Recherchen hilft, gut.
Aber deine Zeit ist viel zu wertvoll, um sie mit gewöhnli-
chem Verwaltungskram und dem Stöbern in den Archiven
zu verbringen. Du *magst* die Archive im Keller noch nicht
einmal."

„Das tue ich tatsächlich nicht, aber ich sehe auch nicht,
wie deine Geschichten von gemeinsamen Nächten mit
Loretta etwas damit zu tun hat, mir einen Assistenten zu
suchen."

„Du bist zu professionell, um mit deinen Angestellten zu
flirten. Das war mein Punkt." Troy holte erschöpft Luft.
„Und das ist wichtig, denn, na ja … ich habe eine Empfehlung, was die offene Assistentenstelle bei dir angeht."

Nun, Michael musste zugeben, dass er neugierig
geworden war. Troy hatte sich noch nie so weit aus dem
Fenster gelehnt, um eine Empfehlung auszusprechen. „Ich

muss mich fragen, ob das wirklich ein Gefallen für mich oder eher für denjenigen ist, den du empfehlen willst. Aber das spielt keine Rolle. Ich brauche keinen Assistenten", entgegnete Michael.

„Du solltest sie zumindest in Betracht ziehen. Ich habe eine geeignete Kandidatin an der Hand; jemanden, der genug über Artefakte und Forschung weiß, um deine Arbeit effizienter zu machen. Vor allem, wenn man auf Probleme wie dieses stößt." Troy deutete auf den gläsernen Handschuh in Michaels Armen.

Michael hörte kaum, was Troy sagte. Er konzentrierte sich wieder auf das Artefakt. Bis jetzt hatte es sich nicht als gefährlich erwiesen, aber das könnte es durchaus sein. Wie auch immer, hierzubleiben und mit Troy zu plaudern, raubte ihm seine wertvolle Forschungszeit. Er musste sich davonschleichen. Aber obwohl es momentan am einfachsten zu sein schien, von Troy loszukommen, indem er dessen Vorschlag zustimmte, zögerte Michael noch.

Troy fuhr fort zu reden, aber Michael war so in Gedanken versunken, dass er kaum zuhörte. Bis auf die letzten Sätze: „Laurel. Meine jüngere Schwester. Ich weiß, du gehst ihr schon eine Weile aus dem Weg, aber ich dachte ..."

Wieder blendete er Troys Stimme aus und tauchte in seine Gedanken ein. Das letzte Mal, als er Laurel gesehen hatte, war vor beinahe zwei Jahren gewesen. Damals war sie gerade einundzwanzig geworden, und Troy und Danny hatten darauf bestanden, eine große Party in einem ihrer üblichen Lokale für sie zu schmeißen. Irgendwie hatte es damals ein etwas schmuddeliger älterer Mann, der nicht eingeladen gewesen war, in den Klub – den Ghost's Parade – geschafft. Er hatte Laurel begrapscht, die ein bisschen zu viel getrunken hatte.

Michael erinnerte sich deutlich daran, dem Mann ins Gesicht geschlagen zu haben. Mehrere Male, um genau zu sein, bis sein Kiefer gebrochen war und er mehrere Zähne verloren hatte.

Und aus irgendeinem Grund hatte Laurel das Ganze so witzig gefunden, dass sie darauf bestanden, dass Michael sie für den Rest der Nacht beaufsichtigte. „Beaufsichtigen" hatte in diesem Fall bedeutet, in seinem Schoß auf einer der Couches einzuschlafen. Aus irgendeinem Grund hatte Michael ihr das erlaubt. Er erinnerte sich noch daran, wie sich ihre langen, blonden Haare wie Seide zwischen seinen Fingern angefühlt hatten.

Danach war er ihr aus dem Weg gegangen, auch wenn sie bis dahin eine Konstante in seinem Leben gewesen war. Es war ihm nicht richtig erschienen, in ihrer Nähe zu sein, egal wie sehr er sich nach ihrer Gesellschaft sehnte. Es hätte wahrscheinlich nur dazu geführt, dass er einen weiteren Mann krankenhausreif geprügelt hätte, wenn an Troys Geschichten über Laurels Eskapaden auch nur ein Funken Wahrheit dran sein sollte.

„Die Antwort ist Nein. Keine Assistentin, keine Laurel." Michael rieb sich mit dem Daumen und Zeigefinger über den Nasenrücken. „Wie oft muss ich es noch sagen?"

Tief in seinem Inneren sickerte jedoch langsam eine eisige Schicht aus Magie durch seine Knochen, als sich sein Drache regte. Dieser wollte Laurel bei sich haben. Ihre Drachengestalten waren immer gut miteinander ausgekommen. Aber es wäre nicht richtig, und ... Michael war sich nicht sicher, ob er sein gesamtes Arbeitsleben umstellen wollte, um eine Assistentin unterzubringen. Oder ob er sich von Laurels Anwesenheit durcheinanderbringen lassen wollte.

„Wie oft muss ich dir noch sagen, dass deine Zeit zu

wertvoll ist?", beharrte Troy. Er hatte im Laufe dieses einseitigen Gesprächs, dem Michael nicht wirklich beigewohnt hatte, seinen sarkastischen Tonfall verloren. „Lies zwischen den Zeilen. Ich wollte diese Karte nicht ausspielen, aber es ist auf Dannys Wunsch hin."

Ein leichtes Kribbeln kitzelte an Michaels Hinterkopf, die ersten Anzeichen von neuen Kopfschmerzen. „Danny *wünscht* überhaupt nichts."

„Du bist seine rechte Hand. Hast du ernsthaft erwartet, dass er dich tun lässt, was du willst? Wenn du wirklich recherchieren willst, ist das in Ordnung. Darin bist du gut. Aber es gibt so viel anderes, das …"

Michael wollte das Gespräch endlich beenden. „*Gut*. Ich nehme eine Assistentin auf Probe. Aber ich kann nicht garantieren, dass ich sie lange behalte."

Troy schnaubte. „Als ob irgendjemand lange in der Nähe eines so eiskalten Arschlochs bleiben wollte."

„Genau." Michaels Lippen verzogen sich zu einem Lächeln. „Ich nehme an, du hast jemanden im Sinn."

Daraufhin runzelte Troy die Stirn und betrachtete ihn mit sorgenvollem Blick. „Manchmal habe ich den Eindruck, als wärst du auf einem ganz anderen Planeten. Hast du mir denn gar nicht zugehört?"

„Allein die Erwähnung einer Assistentin hat mich schon in Angst und Schrecken versetzt", erwiderte Michael finster, aber er machte einen Scherz. Oder versuchte es zumindest. „Was hast du erwartet?"

Obwohl Michael sich heftig gegen einen Assistenten gewehrt hatte, verstand er den Sinn hinter diesem Vorhaben. Es war die Erwähnung von Laurel gewesen, die ihn aus der Bahn geworfen und ihn ganz schwindelig gemacht hatte, was ihm ganz und gar nicht gefiel. Alles in seinem Leben war perfekt organisiert, tadellos, logisch aufgebaut.

Emotionen waren nicht logisch. Deshalb hatte er sich in der Sekunde, in der sich in ihm etwas für sie geregt hatte, in eine andere Wirklichkeit begeben, die sich in keiner Weise mit der *ihren* kreuzte. Auf diese Weise hatte es keine Konflikte gegeben, keine Ablenkungen, die die Mauern seines sorgfältig aufgebauten, strukturierten Lebens zum Einsturz hätten bringen können.

Aber was, wenn das ein Fehler gewesen war?

Nun, es war nicht so, dass er sie bald sehen würde. Und falls doch, hatte er sich bereits vorgenommen, sich dann umzudrehen und in die entgegengesetzte Richtung zu rennen.

„Eine Assistentin", murmelte Michael und ließ Troy in seinem Büro zurück. „Ja, klar."

2

LAUREL

D ie Decke wurde weggezogen. Eine wilde Raubkatze beschnupperte Laurel und drückte ihre feuchte Nase gegen ihren Rücken. Die Welt stand still, als die Kreatur ihr Maul öffnete, bereit, in ihr gefundenes Fressen zu beißen ... aber stattdessen leckte sie sie ab.

Felix' raue Zunge weckte Laurel aus ihrem dumpfen Schlaf. Sie stöhnte wie ein aufgeschrecktes Monster, drehte sich um und tastete nach ihrem Kater. Sie strich mit den Fingern über sein dichtes Fell und zog ihn näher heran, was ihm aber gar nicht gefiel.

„Ist es schon so spät?", murmelte Laurel in ihr Kissen.

Es war morgens. Igitt. Nicht ihre liebste Tageszeit. Vor allem nicht, nachdem sie sich gestern Abend ein paar Selbstmitleids-Drinks zu viel erlaubt hatte; in der dritten Nacht in Folge.

So fühlte sie sich, seit sie ihren Job im Blackfall-Museum verloren hatte. Es war bis dato ihr Lieblingsjob gewesen, und man hatte ihr wegen etwas gekündigt, das noch nicht einmal ihre Schuld gewesen war! Zum ersten Mal in ihrem

Leben hatte Laurel etwas gefunden, das sie erfüllt hatte. Ihr Sinn gegeben hatte. Ein Bedürfnis gestillt hatte, das über das Bezahlen ihrer Rechnungen hinausgegangen war. Sie hatte das Gefühl gehabt, dass endlich mal etwas in ihrem Leben richtig lief. Dass sie nicht nur die kleine Versagerin war, die ihrem mega-erfolgreichen großen Bruder Troy Frest und seinen Freunden hinterherlief.

Aber sie hatte sich alles durch die Lappen gehen lassen.

Felix begann wieder, sie abzulecken. Diesmal ihre Hand und ihre Finger. Er wand seinen Körper auf eine Art und Weise, wie es nur Katzen können, um sie mit seiner Sandpapierzunge zu lecken, während sie seinen gekrümmten Rücken kratzte. Laurel hatte wahrscheinlich wieder verschlafen, sodass längst Frühstückszeit für ihre Katze war. Ihr Magen knurrte laut, was sie daran erinnerte, dass es auch für sie Zeit war, etwas zu essen.

Schützend hielt sie sich die Decke über die Augen, um das Sonnenlicht auszublenden. „Es tut mir leid, Felix. Liege schwer verletzt darnieder. Von jetzt an musst du für dich selbst sorgen."

Er miaute als Antwort und begann, sich tiefer in die Decken zu wühlen, wobei er Laurel aus ihrer bequemen Position schob.

„Nein? Willst du mir etwa sagen, dass ich mich nicht einen Morgen in meinem Selbstmitleid suhlen darf?", fragte Laurel.

Wenn sie Felix' Gesicht jetzt hätte sehen können, hätte er sie bestimmt mit einem Blick à la „Du hattest schon drei" angeschaut und dann erwartungsvoll auf seinen leeren Futternapf gestarrt.

„Ich würde gerne erleben, wie du dich fühlst, wenn du deinen Job verloren hast, weil dein Kollege – nein, Manager – ein totaler Idiot ist." Felix drückte sich an ihre Beine, die sie an sich gezogen hatte, und sie seufzte. Als sie ihn wieder streichelte, fing er an zu schnurren. Ein weiteres deutliches Zeichen dafür, dass er sich sehr auf sein Frühstück freute. „Nein, mein Lieber, du wirst niemals deinen Job als mein süßester Freund verlieren. Mach dir keine Sorgen."

In ihrem Inneren grollte ihre Drachin protestierend wie eine Gewitterwolke.

„Du bist nicht süß", sagte sie. „Du bist knallhart, genau wie ich."

Trotz Felix' Drängen wollte Laurel noch ein wenig im Bett bleiben. Sie war es so leid, immer Vollgas zu geben, aber dennoch stets hinter ihren Erwartungen an sich selbst zurückzubleiben. Wann würde sie endlich lernen, sich nicht mehr selbst im Weg zu stehen?

Sie wusste, dass das leichter gesagt war als getan; besonders wenn ihre Magie immer gegen sie arbeitete. Sie war von Natur aus hitzköpfig und stur, aber sobald ihre Magie anfing, auf sie und die Leute in ihrer Nähe zu wirken, tappte sie immer in die Falle, ihre Emotionen die Oberhand gewinnen zu lassen. Und dann kam es ihr immer wie eine gute Idee vor, Idioten wegen ihrer Unzulänglichkeiten in ihre Schranken zu weisen. Aber manchmal war das ganz sicher *keine* gute Idee, vor allem nicht, wenn es sich bei diesem Idioten um ihren Chef handelte.

Oh, Mann.

„Ganz genau, Felix. Wenn Jerome nicht als hirnloser Affe bezeichnet werden will, hätte er den unfassbar wertvollen Azteken-Türkisstein, den ich in den vergangenen drei Monaten untersucht habe, nicht zerschlagen sollen."

Unwiederbringlich ruiniert. Magie könnte ihn wahrscheinlich reparieren, aber das war Laurel erst klar geworden, *nachdem* sie auf Jerome losgegangen war und *nachdem* sie ihren Job verloren hatte. Es war zu spät. Es gab nichts, was Laurel nun noch tun konnte – außer den Verlust eines wertvollen Steins und des idealen Jobs zu betrauern.

Sie wusste natürlich, dass es ein Unfall gewesen war. Sie konnte sich nicht einmal erklären, warum sie so wütend auf ihn geworden war. Es ging ständig etwas kaputt. Das meiste davon konnte auf die eine oder andere Weise repariert oder wiederhergestellt werden. Damals war sie jedoch der Meinung gewesen, *er* hätte aufgrund seines Malheurs gefeuert werden sollen. Aber jetzt verstand sie, dass ihr Verhalten inakzeptabel gewesen war. Wenn vielleicht auch ein wenig gerechtfertigt.

Und so durfte sie sich auch noch ein wenig selbst bemitleiden.

Felix fing wieder an, an ihr zu lecken.

Sie schob ihn weg. „Nur noch fünf Minuten. Du kriegst gleich dein Fressen. Oder bist du etwa so hungrig, dass du gleich anfängst, mich aufzuessen?"

Aber bevor Laurel sich eine imaginäre Antwort einfallen lassen konnte, klingelte es an der Tür. Das war's dann also mit den fünf Minuten. Zumindest mit den fünf Minuten der Ruhe. Sie vergrub den Kopf unter einem Kissen und wünschte sich, dass derjenige, der vor ihrer Tür stand, verschwinden würde.

Es klingelte erneut. Diesmal etwas länger, gefolgt von einem strengen „Laurel! Mach die Tür auf!" von einer männlichen Stimme.

Sie hatte keine Ahnung, wer das sein könnte. Ihren ehemaligen Job hatte sie noch nicht einmal ein Jahr gehabt. Und in der Zeit hatte sie alle ihre Kollegen soweit eingeschüchtert, dass sie keine Freunde gefunden hatte. Zumindest keine, die sich die Mühe machen würden, ihr einen Besuch abzustatten, um ihr ebenfalls etwas Mitleid zukommen zu lassen.

Es klingelte ein weiteres Mal, gefolgt von Rufen. Jetzt
klagte Laurel nicht mehr um ihren verlorenen Job, sondern
um die verlorene Zeit im Bett. Sie kroch unter ihrer Decke
hervor und fauchte wie ein wildes Tier, als das grelle
Sonnenlicht ihre Augen traf. Felix befreite sich ebenfalls aus
den Laken, sprang vom Bett und rannte aus dem Zimmer,
wahrscheinlich zu seinem Napf in der Küche.

Laurel war deutlich zurückhaltender, was das Tempo
ihres Aufstehens betraf. Aber sie schaffte es, ihre Haare glatt
zu streichen und sich einigermaßen herzurichten, bevor sie
endlich die Tür öffnete. Dort stand zu ihrer großen Überraschung ihr älterer Bruder Troy mit verschränkten Armen
und einem genervten Stirnrunzeln.

„Du siehst total fertig aus."

„Weiß ich selbst", erwiderte Laurel und verdrehte die
Augen. „Was machst du hier? Bist du hier, um dich über
einen weiteren meiner Misserfolge lustig zu machen?"

Troy runzelte die Stirn und verzog das Gesicht wie ein
verwundetes Tier. Oder, in seinem Fall, wie ein verwundeter
Drache. „Wann habe ich mich jemals über dich lustig
gemacht?"

„Jeden Tag, als wir Kinder waren."

„Jetzt bist du kein Kind mehr, und ich habe dich seit
Jahren nicht mehr gehänselt."

Laurel, immer noch unbeeindruckt von seinem Erscheinen, verschränkte die Arme. Da hob Troy die braune Papiertüte, die er in der Hand hielt, hoch. Sie sah, dass er auch ein
Papp-Tablett mit zwei orange-gelben Getränken darin in
Händen hielt.

„Ich komme mit einem Friedensangebot", sagte er.

Da musste Laurel lächeln: „Als ob es zwischen uns
jemals einen Krieg gegeben hätte."

Sie trat zur Seite und ließ Troy in ihre bescheidene

Wohnung. Sie war ganz schön, allerdings sehr klein; viel kleiner als alles, was Troy besaß. Trotz ihrer anfangs etwas rauen Reaktion hatten sie eigentlich ein gutes Verhältnis zueinander. Es war nur so, dass Laurel immer so wurde, wenn etwas in ihrem Leben nicht so lief, wie sie es sich wünschte. Also eigentlich alle zwei Wochen. Aber jedes Mal versuchte er, ihr zu helfen oder sie aufzumuntern.

Laurel wollte endlich allein für sich sorgen, aber das schien wieder einmal in weite Ferne gerückt zu sein. Trotzdem weigerte sie sich, auch nur einen Cent von Troy anzunehmen.

„Willkommen in meiner bescheidenen Behausung", sagte Laurel und zeigte mit einem zynischen Grinsen auf ihre Küche.

Sie beinhaltete nur wenige Küchengeräte und eine kleine Kücheninsel. Für einen richtigen Küchentisch war nicht genug Platz. Die Balkonvorhänge waren zugezogen und verhinderten, dass mehr als ein paar Lichtstreifen den Raum erhellten, waren aber transparent genug, um die Wohnung in ein schwaches Licht zu tauchen. Dennoch schaltete Laurel, als Troy das Frühstück auf den Tresen stellte, das Licht an.

Felix wartete neben seinem Napf und reckte den Hals in Laurels Richtung. Er miaute, und sie trat zu ihm, um ihn zu füttern und ihm ein paar wohlverdiente Streicheleinheiten zu geben, bevor sie einen Barhocker heranzog, um sich zu Troy an die kleine Kücheninsel zu setzen, die ihr als Tisch diente.

„Also, warum bist du *wirklich* hier?", fragte Laurel. Sie nahm einen der Smoothies vom Getränketablett und schwenkte ihn herum, bevor sie einen Schluck trank. Mmm. Mango-Pfirsich.

„Ich wollte nur nach dir sehen, das ist alles. Ich weiß, wie sehr du deinen Job geliebt hast."

„Jetzt muss ich wohl etwas anderes zum Lieben finden", sagte sie.

Troy kramte in der Tüte und reichte ihr einen Bagel, belegt mit Speck, Ei, Käse und vielem mehr. Laurels Lieblingsfrühstück. Ihr Bruder wusste genau, was sie brauchte, wenn es ihr schlecht ging. Und nur widerwillig gab sie zu, dass sie froh über seine Gesellschaft war. Vielleicht hatte Felix recht. Sie hatte sich bereits drei Tage in Selbstmitleid gesuhlt, und jetzt war es an der Zeit, zu etwas anderem überzugehen. Was auch immer das war.

„Weißt du schon, was du jetzt tun wirst?"

Laurel schnaubte verächtlich. „Musst du mich das überhaupt fragen? Ich befinde mich genau gesehen noch innerhalb der mir zustehenden Selbstmitleidsphase. Es ist mir erlaubt, noch keine Pläne zu haben."

„Oh, natürlich", sagte Troy und hob abwehrend die Hände, „lass dich von mir nicht davon abhalten."

Sie starrte ihn an, während sie in ihren Bagel biss. Beim Kauen murmelte sie: „Dafür ist es jetzt zu spät, Bruderherz. Aber ich werde dir aufgrund des mitgebrachten Essens verzeihen."

„Angenommen, du würdest doch bereits schon Pläne schmieden, was du als Nächstes tust, was wäre das?", fragte Troy. Während er auf Laurels Antwort wartete, biss auch er in sein Frühstückssandwich.

„Ich weiß es nicht", erwiderte sie. Und das war die ehrlichste Antwort, die sie geben konnte. Sie seufzte und schwenkte ihren Smoothie noch ein wenig hin und her. „Im Blackfall-Museum zu arbeiten war wirklich ein Traumjob. Endlich eine Chance, meinen Verstand auf eine Weise einzusetzen, von der ich nicht gedacht hätte, dass sie jemandem helfen könnte. Und es hat Spaß gemacht. Ich glaube, ich will wieder etwas Ähnliches machen. Ich müsste vielleicht aus Blackfall wegziehen, um eine ähnliche Stelle zu finden, da das Museum das größte in der Stadt ist. Und die anderen Museen suchen momentan niemanden, glaube ich."

Laurel sackte von dem Gewicht ihrer Verzweiflung etwas in sich zusammen. Sie war wirklich noch nicht bereit, über all das nachzudenken. Tatsache war, dass die Chancen schlecht standen, einen ebenso guten oder sogar besseren Job zu finden. Und wenn sie einen finden würde, müsste sie wahrscheinlich wegziehen. Und das wollte sie nicht. Sie hatte noch nie weit weg von ihrem Bruder gelebt.

Das bedeutete, dass ihre einzige Option darin bestand, einen anderen Karriereweg einzuschlagen. Das war ihr aber ebenso zuwider wie ein Umzug.

„Was hat dir an dem Museum eigentlich so gut gefallen? Du hast mir nie viel über deine Arbeit erzählt. Nur etwas über die Artefakte und die Forschung", sagte Troy nach einer Weile.

„Das ist so ziemlich alles. Es gibt eine riesige Sammlung hinter verschlossenen Türen; entweder Gegenstände, die das Museum gekauft hat, oder die gespendet wurden. Das meiste davon ist nicht katalogisiert, weil niemand genau weiß, was es ist. Also war es meine Aufgabe, jedes Artefakt zu untersuchen, herauszufinden, woher es kommt und wozu es dient, und zu sehen, ob es in die offizielle Sammlung des Museums passen würde. Es war die Arbeit mit den Artefakten und etwas über sie in Erfahrung zu bringen, das mir wirklich Spaß gemacht hat. Deshalb weiß ich nicht, ob ich wieder etwas Ähnliches finden werde, denn so etwas hat nur ein Museum."

„Ich verstehe, das ist gut", sagte Troy. Er sah Laurel mit

einem süffisanten Grinsen an, dann ließ er seinen Nacken knacken und reckte die Arme in die Höhe. „Es ist wirklich gut, dass du den besten großen Bruder der Welt hast."

Laurel hielt mitten beim Trinken inne. „Was hast du dieses Mal in den Smoothie getan? Ich will nicht schon wieder einen deiner seltsamen magischen Katalysatoren testen."

„Was wäre, wenn ich dir sagen würde, dass ich dir eine Stelle als wissenschaftliche Mitarbeiterin bei InnoCell verschafft habe?"

„Ich würde ..." Laurel legte den Kopf schief. „Bei dir arbeiten? Ich habe keine Ahnung von neuen Technologien. Oder davon, welche zu erfinden, ehrlich. Meine Magie ist das genaue Gegenteil von deiner, schon vergessen? Ich würde wahrscheinlich alles zerstören, was du erschaffen hast."

„Nein, nein. Ich arbeite in der Abteilung für die Akquisition magischer Objekte. Du weißt schon, mit der ungewöhnlichen Sammlung magischer Artefakte und so, die wir im Laufe der Jahre erworben haben. Über viele davon wissen wir noch nicht viel, deshalb dachte ich, es könnte dich interessieren."

Troy redete weiter von der Stelle und was man sonst noch von ihr erwarten konnte, aber sie hörte nicht mehr zu. Alles, woran Laurel denken konnte, war, dass die Abteilung für den Erwerb magischer Artefakte von Michael Koff geleitet wurde, einem von Troys besten Freunden. Dem Mann, in den Laurel total verknallt war, und zwar seit sie kapiert hatte, was verknallt sein bedeutet.

Sie biss sich auf die Unterlippe. Und da hörte Troy auf zu reden. „Was denn? Stimmt etwas nicht?", fragte er.

„Was hält Michael davon?", wollte sie wissen. „Er geht

mir seit zwei Jahren aus dem Weg, Troy. Seit ich ihn auf meiner Party blamiert habe."

Troy warf ihr einen ungläubigen Blick zu. „Du hast ihn nicht blamiert, Laury."

„Nenn mich nicht so, ich bin nicht mehr zehn. Welchen anderen Grund sollte er haben, mir so aus dem Weg zu gehen?"

Laurel kannte die Antwort natürlich. Sie hatte ihn ihr ganzes Leben lang bewundert, noch bevor sie sich in seine ozeanblauen Augen und sein ungewöhnlich langes, schneeweißes Haar verliebt hatte. Aber er hatte sie immer nur wie eine alte Bekannte behandelt. All die Jahre hindurch hatte sie immer den Eindruck gehabt, er würde sie gar nicht richtig wahrnehmen. Und als sie endlich alt genug war, um seine Aufmerksamkeit zu erregen, hatte sie ein bisschen zu viel getrunken und wahrscheinlich etwas Lächerliches gesagt oder getan, woraufhin der den Entschluss gefasst hatte, dass er nichts mehr mit ihr zu tun haben wollte.

Ihr Verstand sagte ihr, dass das nichts Ungewöhnliches war. Michael hatte zu allen um sich herum eine gewisse Distanz aufgebaut. Aber sie hatte sich so sehr gewünscht, etwas Besonderes für ihn zu sein, dass sie genau das Gegenteil von dem erreicht hatte, was sie sich gewünscht hatte: Sie hatte ihn vertrieben.

Es herrschte eine unangenehme Stille, während der Troy zu überlegen schien, wie er das, was er sagen wollte, am besten formulieren könnte.

„Ich habe mit ihm gesprochen", sagte er schließlich, „und er war einverstanden, es zu versuchen."

„Das ... das ist nicht das, was ich erwartet habe. Er ist wirklich damit einverstanden?"

Laurel hatte erwartet, zu hören, dass Troy ihr hinter Michaels Rücken eine Stelle verschafft hatte, um ihr einen

Gefallen zu tun. Weil sie nun mal seine Schwester war. Und wäre das der Fall gewesen, hätte sie vehement Nein gesagt. So sehr sie sich auch wünschte, in Michaels Nähe zu sein und ihn nach so langer Zeit wiederzusehen ... Sie könnte das niemals tun, wenn sie wüsste, dass er sie nicht sehen wollte. Er ging ihr schon seit fast zwei Jahren aus dem Weg!

Aber wenn er wusste, dass sie kommen würde, und damit einverstanden war, konnte sie das Angebot dann wirklich ablehnen?

„Ja. Ist das okay? Willst du den Job? Ich wollte schon immer, dass du Teil der Firma wirst", erwiderte Troy.

Laurels Laune hob sich, und zwar zum ersten Mal, seit das türkisfarbene Artefakt zerbrochen worden war. Die Arbeit in der Abteilung für die Akquisition magischer Artefakte von InnoCell würde die Arbeit im Blackfall-Museum – oder irgendwo anders, falls sie etwas finden sollte – um Längen übertreffen. Sie würde nicht nur wieder mit Artefakten arbeiten können, sondern auch mit *magischen* Artefakten, und diese Art von Forschung wäre viel spezieller und interessanter als alles in der „normalen" Welt. Sie hatte nie in Betracht gezogen, bei InnoCell zu arbeiten, weil sie nicht in Troys Sphäre hatte eindringen wollen. Und ... na ja, in Michaels.

Ihr Götter, wie soll ich ihm gegenübertreten? Obwohl er eingewilligt hatte, dass sie dort arbeiten könnte, änderte das nichts daran, dass sich Laurel, als sie ihn das letzte Mal gesehen hatte, völlig danebenbenommen hatte. Sie erinnerte sich kaum an diese Nacht, außer daran, dass er einen perversen, älteren Mann verprügelt hatte, weil er an der Bar ihre Brüste betatscht hatte. Und wie Michael ihr die Haare gestreichelt hatte und sie danach auf seinem Schoß hatte einschlafen lassen.

Laurel wurde bei der Erinnerung daran ganz heiß. Oh,

nein. Sie hatte diese Nacht, so gut es ging, verdrängt. Es war so peinlich gewesen, und allein der Gedanke daran ließ ihre Sehnsucht nach Michael wieder aufflammen.

„Du siehst nicht so erfreut darüber aus, wie ich gehofft hatte", sagte Troy.

„Nein, nein, es ist nicht so, dass ich mich nicht freue. Ich bin nur ... überrascht, das ist alles."

„Wenn du den Job nicht willst, fühle dich nicht dazu gezwungen. Wir hatten einfach eine Stelle, die besetzt werden muss, und ich dachte, sie wäre ideal für dich."

Laurel biss sich wieder auf die Lippe und wandte den Blick ab. „Willst du wirklich, dass ich bei euch arbeite?"

„Es ist ein Familienunternehmen", antwortete Troy mit einem schiefen Grinsen, und auch Laurel musste lächeln. „Zumindest eines in der Entstehung. Also, willst du den Job, oder nicht?"

Die Vorstellung, bei InnoCell zu arbeiten, machte Laurel ehrlich gesagt etwas Angst. Es war ein riesiges Unternehmen, das jeden Tag unter strengster Geheimhaltung an wichtigen Projekten bastelte. Und die Arbeit mit magischen Artefakten würde sie eventuell in Gefahr bringen. Aber sie freute sich auch mehr, als sie in Worte fassen konnte – allein die Vorstellung, tagein, tagaus mit ungewöhnlichen, magischen Artefakten zu arbeiten, machte sie überglücklich.

So sehr sie es auch liebte, mit den staubigen Relikten aus längst vergangenen Zeiten zu arbeiten, bei InnoCell hatte sie die Möglichkeit, etwas viel Größeres zu erreichen.

„Natürlich will ich ihn", antwortete sie.

Troy schlug mit der Hand auf den Tresen. „Perfekt. Du fängst gleich morgen an."

Das warf Laurel ein wenig aus der Bahn, und sie taumelte auf ihrem Hocker hin und her. „Moment mal. Was? Morgen?"

„Du wirst sofort gebraucht. Und damit du keine Gelegenheit mehr hast, dich in Selbstmitleid zu suhlen." Troy
sah auf die Uhr. „Es ist schon Mittag."

„Mist." Laurel vergrub ihr Gesicht in den Händen, aber
es war nicht die Tatsache, dass sie so lange geschlafen hatte,
die sie aufregte.

Es war die Tatsache, dass sie definitiv noch nicht bereit
war, Michael zu begegnen.

Aber sie klammerte sich an die Hoffnung, dass sie ihm
wahrscheinlich nicht gleich über den Weg laufen würde. Sie
würde Zeit haben, sich an den Gedanken zu gewöhnen, in
seiner Nähe zu sein – und an die völlig andere Welt, die
InnoCell darstellte.

Wie sehr sie sich doch irrte …

3

MICHAEL

Michael wischte sich den Schlaf aus den Augen, als er aus dem Aufzug trat und das Hauptge-schoss der Abteilung für den Erwerb magi-scher Artefakte betrat. Normalerweise legte er viel mehr Wert auf sein Äußeres, aber heute hatte er kaum den Kopf dafür gehabt, ein frisches Hemd anzuziehen; geschweige denn darauf zu achten, dass es ordentlich gebügelt war und seine Krawatte gerade saß. Oder dafür zu sorgen, dass er pünktlich war.

Seitdem der gläserne Stulpenhandschuh zu InnoCell gekommen war, hatte er sich um nichts anderes mehr gekümmert. Vergangene Nacht war er viel länger als sonst aufgeblieben und hatte zuerst im Archiv geforscht und sich mit anderen Mitarbeitern beraten. Dann hatte er zu Hause weitergesucht.

„Guten Morgen, Mr. Koff", sagte die hübsche Empfangs-dame, als er an ihr vorbeiging. Er nickte ihr kurz zu und setzte seinen Weg fort, aber er hörte, wie sie auf ihren Absätzen hinter ihm herlief. „Mr. Frest hat mich über die bevorstehenden Änderungen in Ihrem Tagesablauf informiert, da Sie nun eine Assistentin haben. Ich dachte nur, Sie sollten wissen ..."

„Bitte machen Sie sich keine Gedanken darüber. Ich werde die Angelegenheit selbst regeln", erwiderte er, während er nach der Türklinke griff.

Sie blieb stehen. „In Ordnung, Sir. Bitte halten Sie mich auf dem Laufenden."

Wenn es nach Michael ginge, würde er sowieso nicht lange eine Assistentin haben. In seinem Arbeitsleben würde sich überhaupt nichts ändern. Alle seine Angelegenheiten würden seine eigenen bleiben, und er würde sich nicht darum kümmern müssen, irgendetwas mit irgendjemandem anderem zu koordinieren. Ihm gefiel es so. Er konnte für sich sein, und er war stolz darauf, jemand zu sein, der lieber für sich war. Sogar in der heutigen Zeit, in der die Leute alles mit jedem teilen wollten, besonders online.

Als er die Tür öffnete, sah er eine blonde Frau mit schönen Kurven, die über das schwebende Podest gebeugt war und gegen den gläsernen Handschuh stupste, sogar durch die Schichten des magischen Schutzes, den er letzte Nacht aufgebaut hatte, hindurch. Er bewunderte einen Augenblick lang ihre Rundungen, dann wurde ihm klar, dass das hier nicht irgendeine Frau war, sondern Laurel, Troys jüngere Schwester.

Michael starrte sie fassungslos an und brachte kein Wort heraus. Was hatte sie hier zu suchen? Troy hatte sie gestern erwähnt, aber Michael war viel zu abgelenkt gewesen, um außer ihrem Namen und den damit verbundenen Erinnerungen etwas aufzuschnappen.

Ihr Kleid schmiegte sich an ihren Körper und betonte ihre Kurven auf eine Art, die für den Arbeitsplatz etwas unangemessen schien, auch wenn es bis über die Knie

reichte und kaum Haut zeigte. Aber Laurel war wunderschön, daran gab es keinen Zweifel. Bereits vor zwei Jahren
war sie etwas Besonderes gewesen, aber jetzt ... Er wusste
gar nicht, wie er das in Worte fassen sollte.

War das nicht einer der Gründe gewesen, warum er sich
überhaupt dazu entschieden hatte, sich von ihr zu
distanzieren?

Seine Brust zog sich zusammen, als die Eiseskälte seines
Drachen nach draußen drang, und Michael atmete bewusst
und ruhig, um ihn unter Kontrolle zu halten. Sein Drache
würde die tosenden Gefühle, die verrückten Gedanken in
seinem Kopf und die unwiderstehliche Anziehung zu
Laurel nur noch schlimmer machen.

Sie hatte noch immer nicht bemerkt, dass er das Büro
betreten hatte, sondern betrachtete konzentriert die Schutzhülle des Handschuhs, strich mit den Händen darüber und
löste die Schichten mit donnernden Funken. Ihre Magie
flackerte über ihre Finger – ähnlich wie bei Troy, wenn er
die Seine einsetzte – und sprang von ihren Händen auf den
Handschuh über. Dann verschwand sie in seinem silbernen
Leuchten. Als sie das Glas berührte, sprühte die Magie
darin ebenfalls Funken, und sie zuckte zusammen, als sie
einen Schlag bekam.

Der Stulpenhandschuh hatte kein einziges Mal auf
Michael reagiert, egal wie sehr er versucht hatte, ihn mit
seiner Magie anzuregen.

Er ging auf sie zu und fragte: „Wie hast du das
gemacht?"

„Oh Gott!", schrie sie auf. Sie fuchtelte mit den Armen
in der Luft und traf genau den Handschuh, sodass er vom
Sockel fiel. Er schwebte einen Augenblick lang in der Luft
und glitzerte in der Morgensonne.

Michael reagierte blitzschnell. Er sog den Atem ein, und

die Zeit verlangsamte sich. Schneeflocken und Eis tänzelten in der Luft und fielen zu Boden. Mit einer Hand fing er das herabfallende Artefakt auf und drückte es an seine Brust. Den anderen Arm schlang er um Laurels Taille und presste sie an sich, damit sie nicht umfiel. Dann atmete er aus, und die Zeit bewegte sich wieder in ihrem gewöhnlichen Rhythmus.

Der Stulpenhandschuh summte an Michaels Brust. Aber das war nicht das Einzige, woran er dachte. Laurels Schrei hallte in seinen Ohren wider, und ihr Körper drückte sich an ihn. Sie roch nach Zitrone und Vanille; ein Duft, von dem Michael eine Gänsehaut bekam, und der ihn an jene Nacht vor zwei Jahren erinnerte.

Laurel kam wieder zur Besinnung. Ihr Atem ging stockend, und sie starrte ihn mit großen Augen an. „Du warst gerade ... Du warst da drüben ...", rief sie. Ihre Wangen waren ganz rot vor Aufregung. Sie richtete sich wieder auf, entfernte sich aber nicht allzu weit von ihm.

„Bitte entschuldige, dass ich dich erschreckt habe", sagte er. „Das, äh, Artefakt ist wichtig."

„Natürlich", murmelte sie.

Sie sah sehr verwirrt aus und war vermutlich genauso durcheinander wie Michael. An ihrer Stelle wäre er auch zu Tode erschrocken, denn ein unbezahlbares Artefakt hätte auf dem Boden zerschellen können, wenn er eine andere Art von Magie gehabt hätte. Er drückte eine Hand auf ihren unteren Rücken; teils um sie zu beruhigen, teils weil er sie berühren wollte. Der Gedanke, sich von ihr zu lösen, erschien ihm ebenso seltsam wie die Tatsache, dass sie überhaupt hier in seinem Büro war.

Schließlich nahm er seine Hand doch von Laurels Rücken.

„Was machst du hier?", fragte er. Er fing an, an seiner

Krawatte herumzufummeln, da ihm plötzlich bewusst geworden war, wie schlecht er heute gekleidet war. Sie hatte ausgerechnet heute kommen müssen, wo er nicht mehr als dreißig Sekunden auf sein Aussehen verwendet hatte. Sogar seine Haare waren ein ziemliches Durcheinander. Er hatte sie zwar zusammengebunden, aber ein paar lose Strähnen umrahmten sein Gesicht.

„Ich ... Ich", hob sie an und sah Michael von oben bis unten an, „Troy sagte, dass deine Abteilung einen weiteren wissenschaftlichen Mitarbeiter einstellen will, aber ich ... ich hatte ja keine Ahnung. Wenn er mir alles erzählt hätte, wäre ich nicht ...“

„Beruhige dich. Ganz langsam. Ich habe keine Ahnung, wovon du redest." Er hob beschwichtigend eine Hand.

Laurel holte tief Luft, und Michael war fasziniert davon, wie entzückend sie aussah, wenn sie aufgeregt war. Wenn er so zurückdachte, hatte sie sich in seiner Gegenwart meistens so verhalten, auch wenn sie ansonsten selbstsicher und besonnen war.

„Troy sagte mir, dass in der Abteilung für die Akquisition magischer Objekte eine Stelle frei ist", sagte Laurel nach einer Weile. Sie hielt inne, scheinbar wartete sie auf seine Reaktion.

Michael zuckte mit den Schultern: „Das stimmt mehr oder weniger."

Er versuchte, lässig zu wirken, aber sein Herz begann schneller zu schlagen, als ihm klar wurde, was Troy getan hatte. „Troy möchte, dass du meine Assistentin wirst."

„Er sagte mir, ich könnte als Forschungsassistentin arbeiten, nicht, dass es für ... für dich sein würde. Ich schwöre, ich hatte keine Ahnung, bis ...“

„Laurel, es ist in Ordnung."

Die Worte waren schärfer aus ihm herausgeplatzt, als er

beabsichtigt hatte. Er war sich nicht sicher, ob er wütend, verärgert oder begeistert sein sollte – und im Moment war er offensichtlich eine Mischung aus den ersten beiden. Die Erregung, die er bei der Vorstellung empfand, sie in seiner Nähe zu haben, noch dazu als seine Assistentin – sie war durchsetzt mit Schuldgefühlen, Vorsicht und Sorge. Seine Gedanken kreisten bereits nur um sie, und sie war erst seit ein paar Minuten hier.

Ihre Lippen waren zartrosa und sahen aus wie das Köstlichste, die Michael jemals schmecken würde, wenn er sich nur darauf einlassen würde. Er wollte mit seinen Händen an ihren Kurven entlangfahren, ihren Körper an seinen drücken, ihre Brüste an seiner Brust spüren.

Michael fragte sich, warum er überhaupt solche Gedanken hatte. Ja, sie war umwerfend schön, aber sie war Troys jüngere Schwester ... Und Michael hatte eine panzerdicke Mauer zwischen ihm und ihr errichtet, nachdem er sie das letzte Mal gesehen hatte. Welches Recht hatte er, diese Mauer jetzt niederzureißen?

Würde sie das überhaupt wollen?

„Du willst nicht, dass ich wieder gehe?", fragte Laurel und klang ein wenig verwirrt. Vielleicht auch ein wenig hoffnungsvoll. Aber Michael musste sich das Letztere eingebildet haben.

„Nein. Ja." Michael seufzte, widerstand allerdings dem Drang, sich von ihr abzuwenden oder sein Gesicht zu verbergen, denn er wusste, dass seine eisige Maske ihn nicht vor Laurels Blicken schützen würde. Er musste seine Worte sorgfältig wählen. Auch wenn sich sein Entschluss, sie auf Distanz zu halten, fast vollständig aufgelöst hatte, musste er professionell bleiben. „Ich habe Troy gesagt, dass ich Danny zuliebe versuchen würde, mit einer Assistentin zusammenzuarbeiten. Wenn er glaubt, dass du die ideale Besetzung für die Stelle bist, werde ich seiner Einschätzung vertrauen und den Vorschlag annehmen."

Laurel entspannte sich etwas und sah weniger unsicher aus: „Ich habe vielleicht noch nicht viel Erfahrung mit magischen Artefakten, aber ich habe bis vor Kurzem im Blackfall-Museum gearbeitet, wo ich neue Objekte erforscht und restauriert habe. Ich kann mit jeder Art von Arbeit umgehen, für die du mich brauchst."

Die Temperatur im Raum schien anzusteigen, denn während Laurel sprach, war sie einige Schritte näher gekommen. Sie aktivierte ihre Magie, ohne sich dessen bewusst zu sein, und das leise Prickeln in der Luft machte Michael langsam nervös – und mehr. Er ballte eine Faust und löste sie wieder, um sich zu beruhigen.

Sie war ihm so nah. Es kostete ihn all seine Selbstbeherrschung, sie nicht wieder an sich zu ziehen. Warum hatte er sie nicht fester umarmt, als er die Gelegenheit dazu gehabt hatte?

Michael musste sich wieder von ihr distanzieren, seinen Kopf wieder freibekommen, bevor sie ihn vollständig um den Verstand brachte. Er schaute zum Handschuh, der wieder auf dem schwebenden Podest lag. Noch vor ein paar Minuten hatte seine ganze Aufmerksamkeit ihm gegolten. Jetzt hatte Laurel unwissentlich diese Rolle für sich beansprucht.

„Dann befasse dich damit", sagte Michael, sah sie aber nicht an. „Bring den Handschuh ins Archiv und finde alles über ihn heraus, was du kannst. Ich hatte bisher nicht viel Glück mit ihm, aber er hat irgendwie auf deine Magie reagiert. Vielleicht findest du etwas, was ich nicht habe finden können."

Aus dem Augenwinkel sah er, wie Laurel nickte. „Wie heißt er?", fragte sie.

„Er hat keinen Namen, soweit ich weiß. Man könnte ihn als Charger bezeichnen, da er anscheinend magische Energie bündelt und speichert. Aber zu welchem Zweck, weiß ich noch nicht."

„Ich werde es herausfinden", erwiderte sie, „und so bald wie möglich einen Bericht für dich schreiben."

Als sie das Büro verließ, konnte Michael nicht anders und sah ihr nach. Die Spannung im Raum löste sich, und endlich konnte er wieder normal atmen. Es waren erst zehn Minuten vergangen, und schon zweifelte er an seiner Entscheidung, Dannys und Troys Vorschlag einer Assistentin nachgekommen zu sein. Michael würde niemals klar denken können, während er mit ihr arbeitete.

4

LAUREL

Die anderen Forschungsassistenten in der Abteilung für die Akquisition magischer Artefakte hegten alle eine tiefe Abneigung gegen die Archive in den Kellergewölben des InnoCell-Gebäudes. Sie alle nutzten viel lieber die deutlich einfacher zugänglichen digitalen und magischen Archive. Sie sagten Laurel, dass nur Grünschnäbel wie sie, die dazu verdonnert waren, alte Bücher und Unterlagen zu organisieren und zu digitalisieren, sowie Leute, die für Dummheiten bestraft wurden, mit den Archiven im Keller zu tun hatten.

Laurel jedoch liebte alte Dokumente und den Geruch von antiken Büchern. Oder vielleicht machte es ihr einfach nichts aus, weil sie nie Zugang zu einer solchen Fülle an Wissen gehabt hatte, als sie im Blackfall Museum gearbeitet hatte. Unabhängig davon, *warum*, die Wahrheit war, dass es ihr überhaupt nichts ausmachte, jedes Buch, das ihr weiterhelfen könnte, manuell zu suchen, zu lesen und dann zu entscheiden, ob es wirklich relevant war.

Ehrlich gesagt liebte sie alles an ihrem neuen Job.

Das einzige Problem war Michael. Nachdem er erfahren

hatte, dass sie seine Assistentin sein würde, hatte er alles getan, um sie auf Distanz zu halten. Eigentlich sollte sie ihn auch bei seiner täglichen Arbeit unterstützen, aber wann immer sie ihm zufällig begegnete oder ihn in seinem Büro antraf, fragte er nur nach dem Status des Chargers und warum sie nicht im Archiv war, wenn sie noch nichts hatte herausfinden können.

Bald bereute sie ihre anfängliche Hoffnung, ihn nicht oft sehen zu müssen. Jetzt war es für sie eine Strafe, im gleichen Gebäude zu sein wie er, aber dennoch meilenweit entfernt von ihm. Denn er schien überhaupt kein Interesse an ihr zu haben.

Es war, als würden sich die fünf Jahre vor ihrem 21. Geburtstag noch einmal abspielen, nur in einer völlig anderen Situation.

Aber Laurel war nicht mehr sechzehn. Sie war klüger, attraktiver und entschlossener als je zuvor. Sie würde auf die eine oder andere Weise bekommen, was sie wollte. Und was sie wollte, war einfach, dass Michael sie sah. Dass er sah, dass sie nicht mehr nur Troys kleine Schwester war. Wie es dann weitergehen würde – nun ... diesen Teil hatte sie noch nicht ausgearbeitet.

Im Moment musste sie den Charger erforschen. Und wenn sie etwas herausfinden würde, das Michael nicht hatte herausfinden können, vielleicht ...

Laurels Knie waren vom Herumrutschen auf dem Boden und dem Schleppen schwerer Kisten ganz wund. Sie hatte in den letzten drei Tagen die meiste Zeit auf dem Boden verbracht, um Bücher und Dokumente zu sortieren, die sie bis dahin zusammengesucht hatte.

Das erste Buch, das sie fand und das ihr nützlich erschien, hieß *Artefakte aus allen Zeitaltern* und beschrieb ausführlich einen gläsernen Handschuh. Zwar wurde kein

Name genannt, aber die Diagramme beschrieben dessen Verwendung genau.

Laurel zeichnete sie nach und blies dabei eine feine Staubschicht von der Seite. „Es ist eine Waffe", sagte sie zu sich selbst.

Das Bild zeigte die Waffe in mehreren Stadien. Erstens beim Bündeln und Speichern von Energie, wie sie es vor ein paar Tagen getan hatte. Zweitens, wenn der gesamte Handschuh mit Magie gefüllt war. Drittens, wenn jemand den Handschuh trug und die gespeicherte Energie in einem explosiven Angriff entlud.

Sie markierte die Seite und klappte das Buch zu. Sofort griff sie nach ihrem Tablet, das ihr Zugang zum digitalen Archiv von InnoCell war, und begann, alle ungewöhnlichen Begriffe, die in der Beschreibung des Handschuhs genannt worden waren, zu recherchieren. Mit einer gewissen Selbstgefälligkeit blätterte sie durch die Ergebnisse. Michael hatte nicht die Zeit, all das zu tun, aber sie hatte es geschafft, indem sie ihre Erfahrung aus dem Museum eingebracht hatte.

Jeden Moment würde sie etwas haben, das sie Michael zeigen könnte. Und sie konnte es nicht erwarten, seinen Gesichtsausdruck zu sehen.

Die Suchergebnisse waren jedoch nicht das, was sie erwartet hatte. Die ersten Ergebnisse waren keine zitierten Texte mehr mit Informationen über die Herkunft und den Zweck des Artefakts, sondern Bilder von einem muskulösen, grauhaarigen Mann, der den gläsernen Handschuh am linken Arm trug. Ein schwarzes Visier verdeckte seine Augen und den größten Teil seines Gesichts, und auch die Bildbeschreibungen waren weniger hilfreich, als sie gehofft hatte:

Unbekannter Claws-Agent, der im südlichen Blackfall

gesichtet wurde, datiert von vor zwei Monaten, während des Sommers.

„Und was sind die Claws?", dachte Laurel laut nach. Sie suchte noch einmal schnell in der Datenbank, aber außer einer kurzen Beschreibung eines anderen magischen Konzerns gab es nichts Hilfreiches.

Wie dem auch sei, sie hatte herausgefunden, welchem Zweck der Handschuh diente, auch wenn sie noch nicht genau wusste, wie er funktionierte. Und etwas an den Bildern des Claws-Mannes – einer Organisation, die in den Archiven als geheim eingestuft war – machte Laurel Sorgen. Sie musste das Michael erzählen. Sicherlich würde er wissen, was als Nächstes zu tun war.

Hoffentlich würde es auch ausreichen, um ihn davon zu überzeugen, dass sie es wert war, mehr als nur vorüberge-hend in seiner Nähe zu bleiben.

DIE EMPFANGSDAME SAGTE LAUREL, dass Michael nicht in seinem Büro war, als sie seine Etage erreichte. Aber sie war nicht die Einzige, die auf seine Rückkehr wartete. Danny Langton höchstpersönlich wartete draußen, der CEO von InnoCell und genau genommen Michaels Chef. Sie war überrascht, dass er Danny auf ihn warten ließ.

„Hey Danny", rief sie ihm zu und winkte, als er sich umdrehte.

Sie hatte ihn in den letzten zwei Jahren auch nur ein paarmal gesehen. Nicht, weil er ihr absichtlich aus dem Weg gegangen war, hoffte sie, sondern weil er so unfassbar beschäftigt war.

Er warf ihr einen irritierten Blick zu. „Laurel, bist du das? Wow, du siehst ganz anders aus als das letzte Mal, als ich dich gesehen habe."

Sie umarmte ihn. „Ja, ich habe es geschafft, mir die Haare wachsen zu lassen."

„Sieht gut aus. Es steht dir", erwiderte er. „Bist du hier, um Michael zu sehen?" Er hob eine fragende Augenbraue. Natürlich wusste auch er von Michaels Versuchen, ihr aus dem Weg zu gehen, und Laurel wurde bei dem Gedanken wieder etwas betrübt.

Danny war gut aussehend. Genau genommen war er extrem gut aussehend und sexy. Es half, dass er ein Magma-Drache war, den andere Gestaltwandler normalerweise für den attraktivsten ihrer Art hielten, sowohl vom Körper als auch von der Persönlichkeit her. Aber Laurel war nie sonderlich an ihm interessiert gewesen. Sie hatte immer nur Augen für Michael gehabt, der mehr oder weniger das komplette Gegenteil von ihm war. Und außerdem wäre es keine gute Idee, zwei Hitzköpfe wie ihn und sie zusammen-zubringen.

„Ich arbeite jetzt hier." Sie grinste, als er sie mit unver-hohlener Überraschung anstarrte. „Hat Troy es dir nicht gesagt? Er und Michael haben mir vor drei Tagen einen Job gegeben."

„Es scheint, dass ich nicht wirklich auf dem Laufenden gehalten werde. Ich muss mich mal mit den beiden unterhalten."

Laurel lachte. „Troy sagte, es wäre *deine* Idee gewesen, dass Michael einen Assistenten bekommen soll."

Danny zuckte mit den Schultern. „Vielleicht habe ich es irgendwann mal erwähnt." Er spielte gedankenverloren mit einem losen Knopf an seinem Hemd. „Ich bin froh, dass du nun hier arbeitest. Es ist schön, dich wieder in der Nähe zu haben."

„Ja?" Laurel grinste und stieß Danny mit dem Ellbogen in die Seite. „Sei lieber vorsichtig, sonst schnappe ich dir in ein paar Jahren deinen Job vor der Nase weg."

Auf diesen Scherz hin legte Danny seinen Arm um ihre Schulter, wie er es immer getan hatte, als sie noch klein gewesen war. „Ich werde versuchen, meinen zukünftigen Usurpator in seine Schranken zu weisen", sagte er lachend.

Laurel lachte, aber plötzlich sah sie, wie Michael aus dem Aufzug trat, und das Lachen blieb ihr im Hals stecken. Sie löste sich aus Dannys Griff.

Michael blieb stehen und sein entsetzter Blick verwandelte sich in etwas Hartes und Kaltes. Seine eisblauen Augen waren wie von Schnee umhüllte Saphire, Juwelen, die sich auf sie richteten. Er sah nicht nur kalt und distanziert aus. Er sah *wütend* aus.

Trotzdem nickte er ihr höflich, wenn auch rasch, zu, als er an ihr vorbei und in sein Büro ging. Laurel schluckte und erstarrte zu Stein.

Danny lief Michael nach und wollte ebenfalls dessen Büro betreten. „Michael! Ich wollte mit dir über das Projekt sprechen, das wir nächste Woche ..."

„Kümmere dich doch einmal allein um deine Probleme, Danny", entgegnete Michael und schlug die Tür zu, ohne Danny auch nur anzusehen.

Laurels Herz schlug ihr bis zum Hals, während sie die Szene beobachtete. Was war da gerade passiert? War Michael immer so?

Worauf hatte sie sich da nur eingelassen?

Danny kratzte sich verwirrt am Hinterkopf und schaute irritiert auf die geschlossene Tür. Also war das nicht normal.

Überhaupt nicht normal. Nach ein paar Augenblicken drehte sich Danny schließlich wieder zu Laurel um und tat so, als wäre alles in Ordnung, indem er die Taschen seines Jacketts glattstrich.

„Nun", sagte er schließlich, „Michael ist jetzt da." Er machte einen Scheingruß. „Viel Glück da drinnen, Soldat."

„Na toll. Wir sehen uns, Danny", sagte sie und ging zur Tür von Michaels Büro.

Sie wusste nicht, was sie von alldem halten sollte. War etwas in einem seiner Meetings passiert, oder was auch immer er sonst tagsüber tat, wenn er kein Artefakt zum Forschen hatte? Hatte sie etwas falsch gemacht?

Laurel stieß zögernd die Tür auf. Michael schritt an den Fenstern entlang, sein Blick war auf die Stadt unter ihm gerichtet.

„Michael? Stimmt was nicht?"

Er drehte sich zu ihr um und hielt abrupt inne. Dann ging er auf sie zu. „*Du* bist das, was nicht stimmt." Er atmete schwer, und seine eisigen Augen hatten einen wilden Ausdruck. „Seit du hergekommen bist, kann ich nicht … Du solltest nicht hier sein, Laurel. Troy hat sich darin geirrt, dass du eine gute Assistentin für mich wärst."

Wut flammte in Laurel auf, und ihre Drachin begann zu erwachen. Ihre Magie durchströmte sie wie elektrischer Strom. „Wie kannst du es wagen? Troy hat nichts damit zu tun. Er hat nichts getan, außer zu versuchen, dir zu helfen."

„Mir helfen? Er hat sich in meine Angelegenheiten eingemischt, und du tust nichts anderes, als mich zu verwirren …" Michael hielt inne, und eine Sekunde lang schloss er die Augen, dann öffnete sie wieder und sah sie mit einem resignierten Ausdruck an. Verzweiflung und Einsamkeit waren darin zu sehen, aber sie waren innerhalb von Sekunden verschwunden.

Eigentlich registrierte Laurel den quälenden Konflikt in seinem Inneren kaum. Sie war zu sehr damit beschäftigt, ihre aufsteigende Wut und den heißen Strom der Magie zu kontrollieren, der durch ihre Arme strömte und aus ihren Fingern in den Raum sickerte.

„Du denkst, ich mache meinen Job als deine Assistentin nicht gut genug? Na schön. Aber warum reden wir nicht darüber, was hier wirklich los ist?"

„Oh, und was wäre das, Laurel?", erwiderte er, und seine Worte waren so eisig wie der Tod. „Sollen wir darüber reden, dass du dich einfach aus meinen persönlichen Angelegenheiten raushältst und nur daran arbeitest, den Charger zu identifizieren, wie ich es von dir verlangt habe?"

„Ich finde, dass du dich in meiner Gegenwart nicht wie ein Erwachsener benehmen kannst. Du konntest meinen Anblick seit meinem Geburtstag vor zwei Jahren nicht mehr ertragen. Ist es nicht das, worum es hier geht? Du willst mich nicht einmal hierhaben."

„Ist es das, was du denkst?" Seine Stimme klang angestrengt, fast so, als würde es ihm Schmerzen bereiten, zu sprechen. Aber dann brach er in ein raues Lachen aus. „Wenn du mich für unreif halten willst, solltest du vielleicht mal bei dir selbst anfangen. Wie viel unverhohlener kann man noch mit Danny flirten? Direkt in der Lobby! Er hat jetzt eine *Gefährtin*. Was ist nur los mit dir?"

Hitze flammte in Laurels Gesicht auf und ihre Drachin war kaum noch zu bändigen. „Was zum Teufel soll das heißen? Ich habe *nicht* mit ihm geflirtet! Danny ist ein alter Freund, im Gegensatz zu dir, der du … Du bist …"

„Mach mir nichts vor, und dir auch nicht", fauchte Michael. Seine Eisschicht war vollständig geschmolzen, und seine Augen sahen nun aus wie kochendes Wasser anstatt wie geheimnisvolle Gletscher. „Du warst schon immer so.

Hast mit Danny und Liam geflirtet, sogar mit Richter, um Himmels willen."

Heiße Tränen traten ihr in die Augen, und ihre Emotionen bahnten sich ihren Weg aus ihr heraus. „Ich habe noch nie absichtlich mit einem von ihnen geflirtet. So bin ich nun mal. Ich bin ... ich bin ...“

So war sie einfach. Freundlich zu allen, denn sie fühlte sich bei allen Freunden von Troy wohl. Ja, einschließlich Richter, den die anderen immer für das schwarze Schaf der Gruppe hielten. Auch er hatte ein gutes Herz, und Laurel war einmal mit ihm befreundet gewesen. Aber keiner von ihnen hatte das, was Laurel getan oder gesagt hatte, als Flirten interpretiert, oder? Hätten sie nicht schon längst etwas gesagt, wenn sie etwas getan hätte, das ihnen unangenehm gewesen war?

Die Magie, die sich in Laurel zusammengebraut hatte, brach schließlich aus ihr heraus. Sie strömte in heißen, durchsichtigen Wellen durch das Büro und schlängelte sich wie Schlangen um sie und Michael. Zwischen ihnen befand sich immer noch ein großer Abgrund, und doch wurden sie wie Magneten voneinander angezogen. Feuer und Eis verwoben sich zu etwas Neuem, wie eine Insel, die aus einem Vulkanausbruch entsteht.

„Der Einzige, mit dem ich jemals hatte flirten *wollen*, ist ein kalter, ahnungsloser Idiot!", rief Laurel und ballte die Fäuste. „Er hat mich nie beachtet, egal wie sehr ich versucht habe, seine Aufmerksamkeit zu erregen!"

Dann veränderte sich etwas in Michaels Ausdruck. Seine Eiseskälte begann, die tiefe Wut zu mäßigen, die um sie beide wirbelte. Sie waren jetzt nur noch Zentimeter voneinander entfernt, obwohl Laurel den Eindruck hatte, dass sie Welten voneinander entfernt waren. Aber die Hitze ihrer Magie erfasste sie beide, zog sie näher aneinander und offenbarte ihr etwas, das sie bei Michael noch nie gesehen hatte: einen Hauch von Angst.

„Du hast ja keine Ahnung, wie falsch du damit liegst, Laurel. Vielleicht war er kalt und distanziert, aber nicht, weil er dich nicht bemerkt hat." Michael berührte ihre Wange und hob ihr Kinn mit zwei Fingern hoch. „Nein, er hat dich bemerkt. Und das ist der Grund ..."

Laurels Herz schlug wie verrückt in ihrer Brust, das Blut pochte in ihren Adern, ihr Kopf drehte sich. Hatte sie das alles falsch verstanden? Aber bevor sie nachfragen oder auf Michaels verwirrendes Geständnis eingehen konnte, sog er den Atem ein. Ein kalter Hauch wirkte der Hitze von Laurels Magie entgegen und drängte deren aufflackernde Wellen zurück.

Es verlangsamte den Lauf der Zeit. Und auf einmal geriet Laurel in Panik, weil sie Angst hatte, dass er sie endlich küssen würde, wie sie es sich schon Hunderte von Male erträumt hatte, und sie würde erstarren, unfähig, irgendetwas zu fühlen.

Aber das war überhaupt nicht der Fall.

Die Welt um sie herum erbebte, bewegte sich aber noch. Aber alles andere verlangsamte sich so sehr, dass sie den Eindruck hatte, es wäre komplett stehen geblieben. Und dann drückte Michael seine Lippen auf ihre. Sie waren weich, jedoch kalt, wie schmelzender Schnee; ein Gefühl, das Laurel mit ihrem ganzen Wesen aufsaugen wollte, wenn er es zulassen würde.

In diesem Augenblick, den sie der Zeit gestohlen hatten, gehörten sie niemandem außer einander. Seine Zunge schmeckte nach Kaffee und Milch, ein Geschmack, der ihr in diesem Moment wie das Schönste auf der Welt vorkam. Es gab keinen Weg zurück. Eine verwirrende Mischung aus Hitze und Kälte durchströmte Laurel, und sie keuchte, als er sie an sich heranzog, als hätte er schon immer gewollt, dass sie ihn berührte.

Ihr Kuss wurde zu etwas Heißem und Exotischem, einer Mischung aus Leidenschaft und Verzweiflung, denn endlich konnte sich das, was sich über Jahre angestaut hatte, seinen Weg nach außen bahnen.

Aber es endete so schnell, wie es angefangen hatte. Ein letzter, eisiger Schauer wehte über Laurels Arme. Sie stand da, ihre Brust bebte, und ein tiefer Schmerz machte sich in ihr breit.

Die Zeit ging wieder ihren gewohnten Lauf, und Michael war weg.

Auf wackeligen Beinen drehte sie sich gerade rechtzeitig um, um zu sehen, wie sich die Bürotür schloss. Sie wäre ihm am liebsten hinterhergerannt und hätte Antworten verlangt, mehr von dem eingefordert, wonach sie sich jahrelang so sehr gesehnt hatte. Aber stattdessen ließ sie sich in einen Sessel fallen und fragte sich, wie sie ihr Leben bislang ohne solch einen Kuss hatte leben können.

5

MICHAEL

Die elektronischen Jalousien von Michaels Bürofenster wurden über einen Knopf auf seinem Schreibtisch gesteuert. Er saß da, den Kopf auf eine Hand gestützt, und tippte immer wieder auf diesen Knopf. Die Jalousien schoben sich über die Fenster, die den Blick in die weitläufige Halle der Abteilung für die Beschaffung magischer Artefakte sowie auf Blackfall freigaben. Dann fuhren sie wieder hoch, und das gleißende Sonnenlicht fiel auf die Mitarbeiter, die wie fleißige Bienen auf dem Boden herumwuselten.

Es waren ein paar Tage vergangen, seit er Laurel in genau diesem Büro geküsst hatte, und er verstand immer noch nicht, was in ihn gefahren war. All die Jahre hatte er so sehr aufgepasst, ihr seine wahren Gefühle nicht zu offenbaren. Und nun, da er sie erst seit wenigen Tagen wieder in seiner Nähe hatte, hatte sich etwas seiner bemächtigt, und zwar in mehr als nur einer Hinsicht. Er hatte ihr vorgeworfen, mit Danny geflirtet zu haben, und dann ihre Lippen für sich beansprucht, als würde sie ihm gehören.

Michael hatte sich in seinem Leben noch nie so

emotional aufgeladen gefühlt. Er wusste, dass es an der Macht von Laurels Magie lag, die in der Lage war, Menschen völlig um den Verstand zu bringen und ihr alles über sie zu offenbaren. Aber er hatte ihre Magie schon vorher erlebt. Da er wusste, was sie war, hatte er es immer geschafft sich davor zu schützen, dass sie ihn zu sehr beeinflusste. Schließlich hatte er viele Gedanken, Ansichten und Geheimnisse, die er lieber für sich behalten wollte.

Aber dieses Mal hatte er die Kontrolle über sich und die Situation verloren und wahrscheinlich alles viel, viel schlimmer gemacht. Jahrelang hatte er nicht einmal zugeben wollen, was er für Laurel empfand ... und sie hatte es in Form eines Kusses aus ihm herausgezwungen.

Sie dachte, er hätte sie nicht bemerkt.

Er war der Meinung, dass er ihr viel zu viel Beachtung geschenkt hatte.

Sie war Troys jüngere Schwester, und dieser erwartete von Michael, dass er sich um sie kümmerte. Er würde ausflippen, wenn er wüsste, dass Michael alle ihre Kurven erkunden und keinen Zentimeter von ihr unerforscht lassen wollte. Oder wenn er wüsste, wie oft Michael nach der Nacht ihres 21. Geburtstags davon geträumt hatte, Laurel mit nach Hause zu nehmen. Sie hatte damals ein paarmal versucht, mit ihm zu knutschen, nachdem er den alten Perversling, der sie angetatscht hatte, verprügelt hatte, aber sie war betrunken gewesen. Michael hätte sie nicht anfassen können, selbst wenn er es gewollt hätte.

Also hatte er beschlossen, sich von ihr fernzuhalten, anstatt sich jemals dem Risiko auszusetzen, diesem Verlangen nach ihr nachzugehen. Da sie nun aber seine Assistentin war, hatte Michaels sorgfältig aufgebaute Mauer angefangen zu bröckeln. Er wusste nicht mehr, wie er sich in ihrer Nähe verhalten sollte.

Er konnte sich nicht einmal erklären, warum es ihn so sehr aus der Fassung gebracht hatte, sie mit Danny zu sehen. Michael wusste, dass sie niemals mit ihm flirten würde, zumal Danny vor Kurzem seine Gefährtin gefunden hätte. Aber zwischen ihm und Laurel war nicht mehr als Freundschaft. Dennoch, als Michael die beiden zusammen gesehen hatte, sorglos und lachend, hatte es ihn getroffen. Das wünschte er sich ebenfalls. Das war immer sein Traum gewesen, den er aber immer auf Abstand gehalten hatte.

Unten im Gang sah er Laurel, wie sie durch die Abteilung ging, und er drückte wieder den Knopf. Die Jalousien senkten sich über die Fenster und versperrten ihm die Sicht auf sie und die Möglichkeit, die Verwirrung zu verstehen, die in seinem Inneren tobte.

Sie hatten seit ihrem Kuss nicht mehr miteinander gesprochen. Er war überrascht, dass sie überhaupt zur Arbeit gekommen war. Sie war immer hier und schien jede mögliche Minute damit zu verbringen, einen Weg zu finden, ihn daran zu erinnern, was zwischen ihnen passiert war.

Auch nur in seinem Büro zu sitzen, war hart. Er dachte daran, wie sich ihr Körper an seinem angefühlt hatte, warm und geschmeidig, ihm hingegeben, bereit, mit ihm zu verschmelzen. Der Ausdruck des Schocks, als er sie geküsst und diesen Moment so lange wie möglich hinausgezögert hatte, bevor er geflohen war.

Seine Haut kribbelte allein bei dem Gedanken daran, und es war ihm unmöglich, einen klaren Gedanken zu fassen. Er ließ die Jalousien ganz herunter. Er musste etwas tun, um sich abzulenken, und durfte nicht ständig an sie denken. Was dachte sie jetzt? Wusste sie, wie er sich fühlte? Verstand sie jetzt, warum er so bemüht gewesen war, sich von ihr fernzuhalten?

Die Tür wurde aufgerissen, und Michael schreckte auf.

Aber es war nicht Laurel, die dort stand, sondern Troy. Dieser sah ihn besorgt an, während er auf seinen Schreibtisch zuging.

„Dir eine Assistentin zu besorgen sollte nicht dazu dienen, dir Zeit zum Faulenzen zu geben", sagte Troy mit einem scherzhaften Lächeln.

„Die vergangenen Tage waren etwas seltsam", erwiderte Michael mit leiser Stimme.

„Das habe ich gehört."

Michael hob den Blick und betrachtete eindringlich das Gesicht seines Freundes. Wusste er von ihm und Laurel? Hatte sie es Troy *erzählt*?

„Laurel sagte, dass das Artefakt, das wir bekommen haben, euch beide ziemlich in Anspruch nimmt, sogar dich. Habt ihr zusammen daran gearbeitet?"

Die Panik, die plötzlich in Michael aufgestiegen war, legte sich wieder. Troy wusste also nichts von dem Kuss. Michael atmete wieder aus und versuchte, sich so normal wie möglich zu verhalten. „Ich habe so etwas noch nie gesehen. Die meisten Artefakte, die wir erhalten, sind kompliziert, klar, aber der Charger übertrifft sie alle. Ich musste eine Pause einlegen, also hat Laurel alleine daran gearbeitet."

„Nun, dann habe ich gute Neuigkeiten für dich", sagte Troy und wedelte mit seinem Tablet. Er tippte etwas darauf. „Sie hat etwas gefunden. Schau mal in deinen Posteingang."

Michael holte seinen Computer aus dem Stand-by-Modus und sah ihren Bericht. Sie hatte ihn vor ein paar Stunden abgeschickt, aber er hatte sich bisher nicht die Mühe gemacht, seine E-Mails aufzurufen.

„Ich bin überrascht, dass sie nicht selbst vorbeigekommen ist, um es mir zu sagen", sagte er. „Sie schien ziemlich an dem Projekt interessiert zu sein."

„Sie wollte dich bei dem, was auch immer du gerade tust ...“, Troy sah ihn misstrauisch an, „... nicht stören. Sie wird irgendwann lernen, dich aufzusuchen, wenn du sie zu lange alleine lässt.“

„Meinst du?“

„Aber natürlich. Was ist los, kommt ihr nicht miteinander klar?“

„Sie war nicht besonders erfreut, als ich sie als Erstes ins Archiv geschickt habe. Ich hatte gedacht, es würde ihr dort gefallen.“

„Laurel liebt die Archive, das hat sie selbst gesagt“, sagte Troy. Dann hielt er ein paar Sekunden zu lange inne. „Aber weißt du, du hättest dich besser anstellen können. Ich fürchte, du bist zu steif und sachlich aufgetreten. Das ist wahrscheinlich der Grund dafür gewesen.“

„Ich weiß nicht, was du meinst.“ Alles, woran Michael denken konnte, war, wie unsachlich der Kuss gewesen war, aber das konnte er Troy natürlich nicht sagen.

„Ich meine, du kannst ihr nicht bis in alle Ewigkeit aus dem Weg gehen. Sie ist meine jüngere Schwester, und sie wird noch eine Weile hier arbeiten. Das alles ist doch schon zwei Jahre her. Du hättest ein bisschen zuvorkommender sein sollen.“ Troy schaffte es, beim letzten Teil ein wenig zu lachen. „Allerdings muss ich zugeben, dass keiner das wirklich erwartet hat. Du warst noch nie der Warmherzigste unserer Truppe. Mach dir nicht zu viele Gedanken darüber.“

„Ich werde mich daran gewöhnen, sie um mich zu haben“, sagte Michael. „Das ist alles, was ich dir zusichern kann.“

„Du willst mir also nicht sagen, dass es die blödeste Idee aller Zeiten war, dir eine Assistentin zu besorgen?“

„Ich habe mich noch nicht entschieden. Wie wäre es,

wenn wir uns ihren Bericht ansehen, und dann sage ich's dir?"

Troy grinste. „Wenn das die Grundlage für deine Entscheidung sein soll, kenne ich die Antwort schon. Du wirst beeindruckt sein. Schau mal."

Und Michael war tatsächlich beeindruckt. Er machte große Augen, als er sich die Zeichnungen des Chargers und die Fotos des Claws-Agenten ansah. Es schien, als wäre er auf der richtigen Spur gewesen, als der vermutet hatte, das Artefakt wäre gefährlich und stünde möglicherweise mit den Claws in Verbindung, allerdings nicht auf die Art, die er erwartet hatte.

„Du hast recht", sagte Michael. Mehr brachte er nicht heraus. Sie hatte sich durch wer weiß wie viele Bücher im Archiv gewühlt, um das hier zu finden – und da unten waren Tausende und Abertausende von Büchern. Glück konnte kein Faktor in der Gleichung gewesen sein: Sie hatte gewusst, was sie tat. „Wissen wir, wer der Mann auf den Bildern ist?"

„Nein. Liam hat nicht berichtet, dass er ihn seit dem anfänglichen Vorfall während des Lifesaver-Starts jemals wiedergesehen hat. Er ist ein völlig Unbekannter. Vielleicht könnten wir ihn identifizieren, wenn er den Gesichtsschutz nicht tragen würde, aber deshalb trägt er ihn ja auch."

Michael legte nachdenklich einen Finger an die Lippen: „Was ich wissen mochte, ist, warum wir jetzt an den Handschuh geraten sind. Die Claws wussten offensichtlich, was er ist und wie er funktioniert, sonst hätten sie nicht jemanden damit ausgestattet."

„Oder ... Glaubst du, es könnte mehr als einen geben?", fragte Troy.

„Ich schließe das als Möglichkeit nicht aus, aber normalerweise gibt es von Artefakten wie diesem keine Duplikate.

Die Magie ist zu mächtig, um sie zuverlässig zu replizieren, und sie ist uralt. Wir müssen vorsichtig sein. Jemand könnte ihn von den Claws gestohlen haben, und wir haben nun eine Zielscheibe auf dem Rücken. Wir müssen unsere Forschungsarbeiten vorerst geheim halten und uns überlegen, wie wir weiter vorgehen."

Aber das war nicht seine Hauptsorge. Er machte sich Sorgen darüber, was das für Laurel bedeuten könnte, da sie an der ganzen Sache beteiligt war. Aber solange sie bei InnoCell bliebe, würde sie unter dem Schutz von Michael, Troy und den anderen stehen. Garantiert.

„Gut. Tu, was du am besten kannst, und kümmere dich darum", erwiderte Troy und ging.

Michael würde die Forschung am Charger weiter beaufsichtigen, aber vorerst hatten sie Zeit zum Nachdenken und Planen. Es gab keinen Grund, etwas zu überstürzen.

Was seinen nächsten Schritt einfach machte: Er musste sich mit Laurel versöhnen. Sie war gut in ihrem Job, und er hätte nie etwas anderes denken dürfen, geschweige denn ihr vorwerfen, dass sie etwas falsch gemacht hatte. Er wollte sie in sein Büro einladen und persönlich mit ihr reden, aber da sie ihm bereits aus dem Weg gegangen war, indem sie Troy zu ihm geschickt hatte, um mit ihm zu reden, hielt er es für besser, ihr stattdessen eine Nachricht zu schicken.

Mehrere Male formulierte er einen Text und löschte ihn wieder, bis er endlich auf „Senden" drückte:

Laurel, es tut mir leid wegen letztens. Ich hoffe, du gibst mir die Gelegenheit, mich richtig zu entschuldigen. Es gibt einen wunderbaren Picknickplatz in den Bergen, den ich dir gerne zeigen würde – wenn du willst.

Es vergingen mehrere angsterfüllte Minuten, bevor sein Handy vibrierte und er ihre Antwort erhielt:

Ich glaube, diesmal kann ich dir verzeihen. Lass uns gleich morgen aufbrechen.

Michael hatte das Gefühl, als würde er hoch oben in den Wolken schweben. Erleichterung machte sich in ihm breit. Morgen würde er sich bei ihr entschuldigen, dass er sich so blöd angestellt hatte. Und mit etwas Glück würde sie ihn von vorne anfangen lassen.

6

LAUREL

"Hey, langsam!", rief Laurel lachend, während sie hinter Michael herwanderte. Er hatte das Tempo in den vergangenen zehn Minuten stark erhöht, als wäre er ein aufgeregter Schuljunge, der es nicht abwarten kann, sein Lieblingsversteck zu erreichen, und kein erwachsener Mann.

Michael drehte sich um und sah sie mit einem zögerlichen, aber breiten Grinsen an: „Wir sind fast da."

Er schob einen Wacholderbusch zurück, der schief gewachsen war und den Weg versperrte. Es gab eigentlich gar keinen Pfad, auch wenn Michael behauptete, es wäre einer. Laurel konnte keinen erkennen, aber Michael marschierte zielstrebig und entschieden zwischen den Bäumen hindurch und über Felsen, und sie folgte ihm. Sie vertraute ihm und war froh, einfach mehr Zeit mit ihm zu verbringen, und das war alles, was zählte.

„Außer dir ist hier wahrscheinlich noch nie jemand herumgelaufen", schnaufte Laurel. „Wo bringst du mich hin?"

„Du hast recht, ich glaube auch nicht, dass andere Leute

so weit rauskommen würden", antwortete Michael, diesmal von hinten.

Sie schob sich durch den Wacholderbusch und weitere ungepflegte Büsche hindurch, die ihr den Weg versperrten. Und dann stolperte sie in ein Bett aus saftig grünem Gras, das sich in einem weiten Kreis zwischen zwei schroffen Klippen erstreckte. Die offene Seite führte in die Wildnis hinter Blackfall, durchzogen von blauen Eukalyptusbäumen und Feldern. Mächtige Rotkiefern säumten die Bergwiese und spendeten Schatten, was angesichts der gleißenden Sonne ein großer Segen war.

„Wow", sagte Laurel, als sie wieder zu Atem gekommen war. „Wie ist das überhaupt möglich?"

„Magie, vermute ich. In der Nähe gibt es eine Quelle davon. Die ganze Gegend ist vor den Menschen verborgen, und es ist das ganze Jahr über warm, selbst im tiefsten Winter", erwiderte Michael. „Wir kommen irgendwann im Dezember wieder, dann kannst du dich selbst davon überzeugen."

Laurels Herz machte einen Sprung bei dem Gedanken, wieder mit ihm hier rauszufahren. Allein, so wie jetzt, hoffte sie. Hatte er gerade wirklich angedeutet, dass er daran dachte, in Zukunft mehr mit ihr zu unternehmen und dass es nicht nur bei diesem einen Ausflug aufgrund seines schlechten Gewissens bleiben würde? War das vielleicht sogar ein Date? Nach dem, was beim letzten Mal in seinem Büro vorgefallen war, war sie sich nicht sicher, was sie bei ihm denken oder fühlen sollte. Er brachte sie dazu, dass sie sich vor Frust und Verlangen am liebsten die Haare einzeln ausgerissen hätte, so verrückt machte er sie.

Glücklicherweise war das, was sie jetzt empfand, eher das Gegenteil davon.

Ehrfürchtig stand Laurel da und starrte auf das grüne

Gras, unsicher, was sie als Nächstes tun sollte. Michael nahm ihr die Entscheidung ab, ergriff ihren Arm und zog sie zu einem schattigen Plätzchen. Seine Berührung brannte auf ihrem Arm, und ihr Herz pochte wie verrückt. Ihr war ganz heiß und sie war nervös und wusste nicht mehr, wie sie gehen oder sich wie ein Mensch bewegen sollte. Stattdessen ließ sie sich von ihm führen.

Michael breitete eine Decke auf dem Gras aus, groß genug für sie beide und drei weitere Personen, wenn sie noch andere eingeladen hätten. Laurel ließ sich auf die Knie fallen und hatte das Gefühl, sie würde schweben. Er packte den Weidenkorb aus, in dem er das Essen transportiert hatte. Als ob eine Kühlbox nicht ausgereicht hätte! Die Picknick-Planung hatte er leicht übertrieben.

„Wie hast du diesen Platz gefunden?", fragte Laurel.

„In der Anfangszeit von InnoCell habe ich mich oft in dieser Gegend herumgetrieben. Ich bin zufällig darauf gestoßen", sagte er und reichte ihr ein in Papier eingewickeltes Sandwich. „Es gefiel mir, also bin ich oft hierhergekommen, wenn ich Abstand von den anderen gebraucht habe. Oder Zeit zum Nachdenken. Ich komme nicht mehr oft hierher, aber der Platz hat seinen Zauber nicht verloren."

Das Lächeln, das er ihr schenkte, war zart und wirkte verletzlich, und Laurel wurde es wieder ganz heiß. Sie starrte ihn an und war nicht in der Lage, etwas zu erwidern, sodass sie schließlich ihren Blick von seinen warmen blauen Augen abwandte und sich stattdessen der großartigen Aussicht zuwandte. Die Klippe vor ihnen war steil genug, um die Bäume unterhalb der Felsen zu halten, und von dort aus überblickte man einen Kiefernwald, der die Hügel unter ihnen bedeckte. Es war ein perfekter Tag mit einem klaren, blauen Himmel, der nur ein paar Nuancen dunkler als Michaels Augen war, gesprenkelt mit ein paar trägen Wolken in der Ferne.

Absolut atemberaubend. Um sich von dem umwerfenden Mann abzulenken, mit dem sie sich eine Decke teilte, konzentrierte sie sich darauf, sich das alles einzuprägen.

„Ich frage mich, ob jemand das hier errichtet hat", sagte sie, „oder ob es einfach von Natur aus so geworden ist."

„Seit ich hierherkomme, habe ich hier noch nie jemand anderen gesehen. Ich würde gerne glauben, dass es ein natürliches Phänomen ist."

Michael schenkte ihnen jeweils ein Glas Rotwein ein, und Laurel hob die Augenbrauen. „Zum Mittagessen?"

„Es ist ein besonderer Tag", erwiderte er und hielt inne. „Nicht wahr?"

Warum hatte Laurel jedes Mal, wenn Michael etwas sagte, das Gefühl, dass ihr das Herz in der Kehle steckte und sie sich anstrengen musste, es wieder herunterzuschlucken?

Sie hatte keine Ahnung, wie sie darauf reagieren sollte. Natürlich war das hier etwas Besonderes: Sie verbrachte Zeit mit ihm. Die Tatsache, dass sie allein waren, an einem magischen Ort, war zweitrangig. Aber warum dachte *er*, dass es etwas Besonderes war? Wahrscheinlich nicht aus denselben Gründen wie sie.

„Natürlich", sagte sie. „Es kommt nicht jeden Tag vor, dass wir ein so unglaubliches Artefakt wie den Charger identifizieren."

Sie hob ihr Glas zu einem Toast, und obwohl Michael ihr zustimmte, verblasste sein Lächeln. Laurel nippte an dem weichen, fruchtigen Wein, und Michael machte Anstalten, dies auch zu tun. Aber dann hielt er das Glas an die Lippen gedrückt.

„Laurel ... Ich weiß, ich habe gesagt, dass ich dich als

Dank für deine harte Arbeit ausführen wollte. Aber ich habe es auch so gemeint, als ich sagte, dass ich mich entschuldigen will", sagte er.

Sie senkte das Glas, und ihr Herz hämmerte wie wild. Zeigte der Alkohol bereits seine Wirkung oder passierte das wirklich? „Mach dir keine Sorgen. Entschuldigung angenommen. Ich weiß, dass meine Magie die Leute dazu bringt, Dinge zu tun, die sie sonst nicht tun würden, also ..."

Sie dachte natürlich an den Kuss während ihres Streits. Seitdem hatte sie jede Nacht von ihm geträumt, wie seine Lippen auf ihren waren, seine Arme um sie geschlungen. Einander nahe auf eine Weise, von der sie bislang nur hatte träumen können. Genau wie sie von ihm geträumt hatte, als sie jünger gewesen war, bevor er ihr klar gemacht hatte, dass er nichts mit ihr zu tun haben wollte. Das alles führte dazu, dass sie sich wieder wie ein Teenager vorkam.

Unter normalen Umständen, das wusste sie, hätte er sie nicht geküsst. Aber die Tatsache, dass er getan *hatte* ... Sie wusste, welche Wirkung ihre Magie hatte. Es bedeutete, dass ein Teil von ihm es gewollt hatte, aus welchem Grund auch immer. Der Gedanke löste etwas in ihr aus, und sie wehrte sich dagegen, wieder zu ihm aufzublicken. Stattdessen packte sie ihr Sandwich aus und biss hinein. Sie genoss die Würze des Hühnchens und des Pestos und kämpfte gegen die wachsende magnetische Anziehungskraft zwischen ihr und Michael.

„Es ist nicht nur das", sagte er. „Ich ... Ich habe einen Fehler gemacht, als ich dich nach deinem Geburtstag weggestoßen habe. Ich dachte, ich würde das Richtige tun, aber ich weiß jetzt, dass ich mich geirrt habe. Es lag nicht an dir oder an irgendetwas, das du getan hast. Ich habe nur ... Ich weiß auch nicht. Ich bin ausgeflippt."

Laurel brachte ein Lächeln zustande. „Bestimmt würde

das der Typ mit den verbliebenen vier Zähnen als Untertrei-
bung bezeichnen."

„Er war selbst schuld. Er hat dich angegrapscht."

Die Energie auf der Wiese verschob sich wieder, und
Laurel hielt den Atem an. Er klang so besitzergreifend, wie
er das gesagt hatte. Aber das musste sie sich eingebildet
haben. Auch wenn er sich entschuldigt hatte, bedeutete das
nicht, dass der Grund dafür war, dass er genauso fühlte wie
sie. Oder weil auch er das Auf und Ab der Magie zwischen
ihnen spürte, die Anziehungskraft, aufgrund derer Laurel
sich wünschte, näher an ihn heranzurücken, ihn zu berühren, ihn zu küssen. Es war wie ein kleines Teufelchen, das
ihr ins Ohr flüsterte und sie dazu drängte, wider besseres
Wissen zu tun, was sie tun wollte, koste es, was es wolle.

Aber etwas Dummes zu tun, könnte all das ruinieren.
Ein Kuss war es nicht wert, ihn wieder für weitere zwei Jahre
zu verlieren. Oder sogar noch länger.

Wenn sie hier noch länger so miteinander sitzen
würden, würde Laurel völlig den Verstand verlieren. Ihre
Gedanken würden sich wieder im Kreis drehen, sie würde
sich nicht beherrschen können und doch alles ruinieren.

Sie deutete mit dem Kinn in Richtung des Waldes unterhalb von ihnen. „Ich mache mit dir ein Wettfliegen zu der
Felsformation da drüben und zurück."

„Laurel, ich weiß nicht, ob ..."

„Komm schon, wir haben noch nie ein Wettfliegen
gemacht, oder?"

Früher hatte sie immer zugesehen, wie Michael, Troy
und die anderen außerhalb der Stadt um die Wette geflogen
waren. Laurel hatte in der Regel nicht mitgemacht. Und
wenn doch, dann nur, wenn Michael nicht dabei gewesen
war. Aber seitdem InnoCell so richtig durch die Decke
gegangen war, hatte niemand mehr die Zeit dafür. Keiner

von ihnen kam mehr oft aus der Stadt raus, und nur an Orten wie diesem konnten sie es wagen, ihre Drachengestalt anzunehmen. Es war schon so lange her, seit sie sich das letzte Mal verwandelt hatte, und allein bei dem Gedanken daran erwachte ihre Drachin in ihr, voller Energie und begierig darauf, zu fliegen. Donner grollte in ihr.

„Wir könnten entdeckt werden", meinte Michael, aber da war ein schelmisches Funkeln in seinen Augen. Viel mehr Widerspruch kam nicht von seiner Seite.

„Du hast es selbst gesagt: Hierher kommen keine Menschen. Das wird schon klappen!", rief sie und war schon aufgesprungen.

Sie griff nach dem Saum ihres Tanktops und wollte sich ausziehen, um ihre Kleidung nicht kaputt zu machen, wenn sie sich verwandelte. Aber sie zögerte. Michaels sah sie mit heißem Blick an und verschlang ihren Körper, bevor sie auch nur eine Bewegung machte. Als sie zögerte, schaute er weg. Vielleicht weil er den Eindruck hatte, dass sie nicht wollte, dass sie ihm zusah.

Hitze erfasste sie, und ihre Drachin stieg aus den Tiefen ihres Geistes auf und verlieh ihr etwas mehr Mut. Sie biss sich auf die Unterlippe.

„Du kannst hinsehen, wenn du willst", sagte sie und zog sich das Shirt über den Kopf. „Es macht mir nichts aus."

Und zu ihrer Überraschung schaute er, als sie begann, ihre Leggings herunterzuziehen, bereits wieder zu ihr. Als wäre das Wegschauen unmöglich gewesen oder die schlimmste aller Strafen.

Sie hatte sich im Nu bis auf ihren Slip und ihren BH ausgezogen, und Michael starrte sie an, als hätte er vergessen, dass er sich auch entkleiden sollte. Als er sein Hemd aufknöpfte und seine muskulöse Brust enthüllte, hielt Laurel, während sie ihren BH aufhakte, mitten in der Bewe-

gung inne, um ihn zu bewundern. Seine Bauchmuskeln
hoben und senkten sich wie Täler und Berge, seine Arme
waren wie in Stein gemeißelte Perfektion. Er war schon
immer gut durchtrainiert gewesen, aber er musste doppelt
so muskulös sein wie beim letzten Mal, als sie ihn ohne
Hemd gesehen hatte. Allerdings war das wirklich schon
lange her.

Sie unterdrückte ein Schmunzeln, als auch er beim
Aufknöpfen seiner Hose stoppte, als sie ihren BH über die
Schultern streifte und auf die Decke fallen ließ. Aber so
sehr sie es auch genießen wollte, wie er sie ansah – sie
durfte das nicht geschehen lassen. Wenn sie das täte, könnte
sie in diesen warmen, verlockenden Sog geraten, der an
ihren Beinen zerrte und sie anflehte, sich in seine Arme
sinken zu lassen, ihn anzubeten und im Gegenzug von ihm
angebetet zu werden.

Ihre Brüste waren nicht lange unbedeckt. Silberne
Drachenschuppen bedeckten ihre Brust und zogen sich in
einer Spirale ihren Bauch hinunter. Dann entlang ihrer
Schlüsselbeine und Arme. Und als sie auch noch ihr
Höschen auszog, begannen sich ihre Knochen und Muskeln
zu verändern. Ihre Drachin brüllte in ihr, und Donner
krachte über ihr und Michael war in der Luft, als sie ihre
Drachengestalt eingenommen hatte und sich auf alle viere
stellte, mit riesigen Flügeln, die aus ihrem Rücken ragten.

Nachdem ihre Verwandlung abgeschlossen war, war
Laurel sternenfarben, silbern und golden glänzend, je
nachdem, wie das Licht auf sie fiel. Ihre Sinne waren als
Drachin deutlich ausgeprägter, und sie konnte alles im
Umkreis von einer Meile sehen, riechen und hören – poten-
zielle Beute, das Rauschen der Natur und ihrer Lebewesen,
allerdings keine Menschen. Die mächtigen Muskeln in
ihren Beinen spannten sich an, als sie sich auf Michael

zubewegte, der sich nun ebenfalls komplett verwandelt hatte.

Er sah ähnlich aus wie sie, wenn auch viel, viel größer. Seine Schuppen schillerten weiß-blau, wie der eisige Atem eines Eisbären. Sein Schwanz peitschte hin und her und verriet, wie freudig erregt er war.

Warme Atemluft knisterte elektrisierend aus Laurels Nasenlöchern, und, einfach so, erhob sie sich vom Boden. Ihre Flügel breiteten sich aus und drückten die Luft nach hinten, sodass sie abhob. Die Bäume rauschten, und Licht und Magie knisterten in der Luft. Sie stieg höher und höher, atmete die Freiheit ein, die Freude, am Leben und eine Drachin zu sein, zu fliegen und diese Momente mit Michael zu teilen.

Es war das erste Mal, dass sie sich nur mit ihm allein verwandelt hatte. Eis bildete sich in der Luft und ließ die Wolken gefrieren, als Michael sich mit seinen mächtigen Flügeln zu ihr hinaufdrückte. Die Welt unter ihnen schrumpfte zu etwas Kleinem und Unbedeutendem zusammen, als sie gemeinsam flogen und kurzzeitig vergaßen, dass das hier ein Rennen hatte sein sollen. Sie flogen noch höher, umkreisten einander in kunstvollen Spiralen und webten komplizierte Muster in die Luft.

Bei nichts anderem fühlte sich Laurel so lebendig.

Endlich hatten sie sich wieder mit ihren Drachenkörpern vertraut gemacht, und Laurel war die Erste, die sich ans Wettfliegen erinnerte. Sie entdeckte eine Ansammlung von Felsen ein paar Kilometer von ihrer kleinen Wiese entfernt, und sie flog darauf zu. Magie surrte unter ihren Beinen und Flügeln, als sie aufstieg, und verstärkte die Windströme, um sie schneller und schneller zu ihrem Ziel zu treiben.

Donner- und Blitzdrachen waren die schnellsten Flieger

von allen, und ihre geringe Größe war ein Vorteil, was die Aerodynamik betraf. Aber Michael hatte ebenfalls körperliche Vorteile, und als die Wolken begannen, sich zu verschieben und zu gefrieren, verringerte sich Laurels Geschwindigkeit drastisch, bis sie fast ganz zum Stillstand kam, mitten in der Luft schwebend, während Michael an ihr vorbeizischte.

Als er seinen eisigen Griff endlich löste, war er ihr weit voraus und brüllte vor Lachen – anscheinend war er sich seines Sieges sicher.

Aber Laurel würde es ihm nicht so einfach machen!

Sie schlang ihre Flügel um sich, lud jeden einzelnen ihrer Muskeln auf, jede Schuppe, die ihren Körper bedeckte, elektrisierte die Atmosphäre und jedes Molekül der Luft. Dann donnerte sie vorwärts und Blitze zuckten hinter ihr. Sie erreichte die Felsen genau wie er, flog um sie herum und zurück zur Wiese.

Die Zeit verlangsamte sich erneut, als sie sich dem üppigen Gras näherte. Aber bevor sie den Boden berühren konnte, verlor sie wieder an Tempo. Sie strampelte mit den Beinen und Flügeln, schrie innerlich und wollte die Kraft finden, sich schneller zu bewegen. Aber sie schaffte es nicht.

Michael allerdings auch nicht, genau genommen.

Er stürzte sich auf sie, ließ die Zeit wieder los, und beide wirbelten durch die Luft und fielen ins Gras. Sie rollten über die Wiese, ein Durcheinander aus Schuppen, Flügeln und langen Schwänzen, und verwandelten sich wieder in ihre menschlichen Gestalten. Sie lachten und rollten weiter und landeten schließlich auf ihrer Decke. Michael hielt sie dabei fest umschlungen.

Ein Vorhang aus seinen silbrigen Haaren bedeckte ihre Gesichter und schirmte sie vom Rest der Welt ab. Alles, was Laurel sehen konnte, war das kühle Blau seiner Augen, die wie im Frühling geschmolzenes Gletscherwasser aussahen. Und das Verlangen, das darin lag. Eine nicht zu übersehende Steifheit zwischen Michaels Beinen drückte gegen ihren Schenkel, und bevor sie verlegen werden oder sich wieder in wirren Gedanken verlieren konnte, küsste er sie.

Sie waren Eis und Donner, ineinander verschlungen und miteinander verschmolzen, und sie schürten ihr Feuer der Leidenschaft. Heißer Atem stob zwischen ihren gierigen Küssen aus, und mit wilder Hingabe erforschten sie den Mund des jeweils anderen. Michaels Hände waren im Nu auf Laurel. Die Art und Weise, wie er sie berührte, hatte etwas Heißhungriges, und seine eisige Magie strich über ihre Haut. Gleichzeitig brannte sie bei jeder seiner Berührungen wie Feuer, als würde er sich in sie hineinbrennen.

Laurel fuhr mit ihren Händen seinen Rücken entlang, umklammerte ihn fest und strich über seine beeindruckenden Muskeln. Sie konnte nicht glauben, dass dies wirklich geschah, dass er sie endlich auf diese Weise berührte. Hatte sie während ihres Wettrennens eine Bruchlandung hingelegt, lag nun bewusstlos im Wald und fantasierte, was sie sich so lange erträumt hatte? Sie war sich nicht sicher. Gerne wollte sie glauben, dass jede Berührung von Michaels Zunge, seiner Hände, wirklich und echt waren. Und wenn es ein Traum sein sollte, wollte sie nicht mehr aufwachen.

Sie stöhnte in seinen Mund, als er ihre Brüste mit beiden Händen packte. Während er sie massierte, begann er allmählich, ihr Kinn, ihren Hals und ihren Nacken zu küssen. Ein Schauer lief über ihre Haut, als er begann, an ihren empfindlichen Stellen zu saugen. Sie verlor sich in diesem Gefühl. „Stöhne für mich", flüsterte er und kniff in ihre Brustwarzen.

Ein Feuerstrom raste durch Laurels Körper, und sie

keuchte. Hitze sammelte sich in ihrer Brust und in ihrem Magen und schürte das Feuer des Verlangens nach ihm, das sie so lange unterdrückt hatte. Es entlud sich alles auf einmal, ihr gesamtes Begehren.

Sie stöhnte nach ihm, lauter bei jeder neuen Berührung. Mehr. Sie brauchte mehr. Je länger seine Hände ihren Körper erforschten, desto weniger konnte sie zusammenhängende Gedanken fassen. Alles, was sie wollte, war Michael – mehr von ihm, alles von ihm. Die Wärme seiner Berührungen sickerte in ihre Haut, und sie kühlte ab, wenn er sich von einer Stelle entfernte, und sehnte sich wieder nach ihm. Sie wollte nicht, dass er zu der Stelle zurückkehrte. Sie wollte, dass er alles von ihr auf einmal spürte.

Michaels Lippen fanden wieder die ihren. Es gab kein Zögern mehr in seinen Küssen. Er nahm sich genau das, was er wollte, wie er es wollte, und Laurel genoss jede Sekunde davon. Er ertränkte sie in seinem Geschmack und Duft, und endlich schob er ihre Beine auseinander und ließ sich auf sie herab. Laurel winkelte ihre Hüften an, damit er sofort in sie eindringen konnte. Aber Michael tat es noch nicht, sondern rieb stattdessen seinen Schwanz zwischen ihren feuchten Schamlippen.

Ihr Verlangen nach ihm brachte sie fast zum Bersten und überlagerte alles andere. Sie fuhr mit ihren Händen durch seine Haare, und er saugte an ihrer Unterlippe, langsam, als wäre er sich völlig bewusst, dass er nicht nur sie, sondern auch sich selbst dadurch erregte. Langsam, fast unerträglich langsam, lockte Laurel ihn in sich hinein. Sie erbebten beide, als er in sie eindrang und Wellen der Lust durch sie hindurch sandte.

„O-oh", stöhnte sie und wölbte ihren Rücken, um sich enger an ihn zu schmiegen.

Michael hielt sie fest umschlungen, während er sie

ausfüllte. Sein Schwanz pulsierte in ihr und ließ die Fackel der Lust in ihr explodieren. Ihr ganzer Körper stand in Flammen, als er seine Hüften bewegte und dadurch ihre tiefste Stelle erreichte. Sie umschlang ihn ebenfalls, beanspruchte ihn ganz für sich, und er musste sich wie ein wildes Tier aufbäumen, um ihren Griff so weit zu lockern, dass er sich bewegen konnte, in sie hinein und wieder heraus.

Sein Atem kitzelte ihr Ohr. „Laurel ...", stöhnte er.

Ihre Lider schlossen sich bebend, und sie verlor sich in dem Klang ihres Namens aus seinem Mund. Das hier konnte kein Traum sein. Michael fühlte sich viel zu real an, sein Geruch und das Gefühl waren zu echt, um ein Hirngespinst zu sein. Aber es war ein wahr gewordener Traum.

„Michael ...", erwiderte sie stöhnend und drückte ihn fester an sich.

Sie erbebte in seiner Umarmung, und die Wellen der Lust wurden fast unerträglich. Seine Wärme sickerte in ihre Poren, und sie wusste nicht mehr, wo ihr Körper endete und seiner begann. Sie waren eins, passten perfekt zueinander, und Laurel wollte nie wieder von ihm getrennt sein. Seine Bewegungen wurden nun ruckartiger und rasender, ihre Hüften schlugen gegeneinander, und beide näherten sich dem Höhepunkt.

Spiralen aus entfesselter Lust pulsierten und drehten sich in ihr, angetrieben von Michaels pochendem Schwanz. Und schließlich schrie Laurel auf und eine weiß glühende Explosion erschütterte sie bis ins Mark. Ihre Lust verband sich mit seiner, und in ihrer beider Vereinigung und bedingungslosen Hingabe fanden sie beide ihre Erlösung.

Michael stieß ein lautes Knurren aus und seine Zähne berührten Laurels Hals, bissen aber nicht zu. Sie verlor sich in ihm, betäubt durch sein Knurren, drückte den Rücken durch und genoss die Symphonie ihres Liebesspiels.

„Oh Gott!", schrie sie auf, als sie wieder sprechen konnte, und schließlich kollabierten sie gemeinsam in einer wilden Mischung aus Lust und Schweiß.

Laurel wollte ihn nicht loslassen. Sie hatte Angst, dass er dann vielleicht merken würde, dass er einen Fehler gemacht hatte und wieder gehen wollte. Aber sie schob diese Gedanken beiseite, drückte sich an ihn und hielt sie beide hier in diesem Moment fest.

Ein Vogel zwitscherte in der Ferne, der Wind rauschte durch die Bäume und fühlte sich plötzlich eisig an auf Laurels brennender Haut. Daraufhin umarmte Michael sie fester und zog die Decke über ihre nackten Körper. Sein Atem war heiß an ihrem Hals, und sie drehten sich auf die Seite. Sie stieß einen zufriedenen Seufzer aus, und dann verschwand seine Wärme einen Augenblick lang.

Sie öffnete die Augen und sah, wie er auf sie herabblickte und eine goldene Locke wegstreichen wollte.

„Ich habe dir nie gesagt, wie schön du bist", sagte Michael.

Laurels Gesicht wurde bei seinem Blick wieder ganz warm, aber bevor sie etwas sagen konnte, beugte er sich nach unten und küsste sie erneut, ganz sanft. Seine Lippen verrieten immer noch die Leidenschaft, die sie nur wenige Augenblicke zuvor geteilt hatten – sie spürte, wie sie direkt unter der Oberfläche schwelte –, aber er hielt sie im Zaum.

Michael ließ sich wieder neben ihr nieder und umarmte sie fest. Laurel lauschte dem Schlagen ihrer beider Herzen und ihrem Ein- und Ausatmen. Sie schwelgte in diesem fast traumhaften Erleben, und dann schlief sie wirklich ein.

7

MICHAEL

Das Erste, was Michael hörte, als er aufwachte, war Laurels Atem. Er lag auf dem Rücken, sie auf ihm, ihre Nase direkt unter seinem Kinn. Die Decke umhüllte sie beide wie ein großer Kokon, voller Wärme und Behaglichkeit, während sie schliefen. Er atmete ihren Duft ein, den zarten Geruch ihres Shampoos und den Lavendel hinter ihren Ohren.

Sie schlief noch tief und fest, und er wollte sie nicht stören, also schloss er die Augen wieder und nahm sich alle Zeit der Welt, um das Zusammensein mit ihr zu genießen. Jahrelang hatte er sie begehrt. So sehr, dass er sich von ihr distanziert hatte, als ihm sein Verlangen bewusst geworden war. Sie war Troys Schwester.

Michael hatte keine Ahnung, wie Troy reagieren würde, aber darüber würde er sich ein andermal Gedanken machen. Im Moment war alles, was zählte, Laurel.

Er streichelte ihre Haare und genoss die Wärme ihrer Haut. Sie hatte eine weiche, warme Ausstrahlung und war so sehr ein Teil von ihm, wie er ein Teil von sich selbst war. Besonders nachdem sie miteinander geschlafen hatten.

Michael stieß bei dem Gedanken daran einen scharfen Atemzug aus und merkte, wie er wieder hart wurde. Wie sie sich an ihn gedrückt hatte, welche Laute sie von sich gegeben hatte ... Die Liebe, die er für sie empfand, breitete sich in seiner Brust aus wie ein Lauffeuer.

Dieses Feuer war immer noch lebendig in ihm. Er erkannte es an, so wie er auch die Anwesenheit seines Drachen anerkannte, unsichtbar, aber zweifellos real. Was auch immer Michael empfunden hatte, bevor sie miteinander geschlafen hatten, war nur ein Schatten dessen, was er jetzt empfand. Irgendwie hatten sie zusammen etwas Neues erschaffen, eine Erfahrung, die das Zusammensein von ihm und ihr unvermeidbar machte.

Wenn er bei ihr war, fühlte sich alles perfekt an. Er wusste nicht, ob er diesen Zustand verlassen konnte, ohne gleich wieder nach einem Weg zu suchen, ihn wiederzuerlangen.

Michael schwelgte immer noch in Gedanken an Laurel und dachte daran, was sie als Nächstes tun würden. Da begann sie sich zu rühren.

Michael hatte abwesend weiter ihr Haar gestreichelt, als sie mit verschlafenen Augen zu ihm hinauf blinzelte. In dem Augenblick, in dem sie vom schläfrigen Zustand hin zu einem wachen, lebendigen wechselte, konnte er die Reflexion ihrer gemeinsam erlebten Leidenschaft in ihrer Iris sehen.

„Du bist noch da", flüsterte sie. Es war eigentlich nur ein Nuscheln, offenbar war sie doch noch etwas verschlafen.

Er berührte ihre Wange. „Natürlich bin ich das. Wo sollte ich sonst sein?"

„Ich dachte, du wärst ..." Sie hielt mit einem verträumten Seufzer inne und kuschelte sich enger an ihn. Sie hatten einander so fest umschlungen, dass er sich fragte, ob sie sich jemals wieder würden trennen können. „Ich weiß nicht. Weg, wie beim letzten Mal."

Sein Herz krampfte sich zusammen, und der Schmerz, der ihn durchfuhr, zerstörte beinahe die traumhafte Atmosphäre ihres Beisammenseins. Er spürte, wie sich die Eiseskälte seiner üblichen, sorgfältig aufgebauten Fassade in ihn hineinschlich. Aber er atmete tief durch und schob all das beiseite. Er brauchte diese Fassade bei Laurel nicht, zumindest jetzt nicht mehr. Er hatte schon genug Zeit damit verschwendet, so zu tun, als wäre es ihm egal.

Hatte sich selbst und sie belogen.

Es dauerte eine geschlagene Minute, bis er sich gefasst hatte und wieder sprechen konnte. Sie waren den ganzen Weg hierher gegangen, damit er sich ordentlich entschuldigen konnte, damit sie von vorne anfangen konnten. Und obwohl sie das getan hatten, war es nicht ganz so gelaufen, wie er es geplant hatte. Dass er so schnell mit ihr schlafen würde, hatte er nicht erwartet. Und so glücklich er auch darüber war, irgendwie war dadurch alles etwas aus der Bahn geraten.

„Es tut mir leid", erwiderte Michael und entschuldigte sich damit zum zweiten Mal. „Es tut mir leid, dass du dich durch mein Verhalten so fühlen musstest. Ich hatte nie die Absicht, dir das Gefühl zu vermitteln, ich würde nicht in deiner Nähe sein wollen oder dich nicht mögen. Ich hätte dir nicht aus dem Weg gehen dürfen. Es war nur, in dieser Nacht ... wurde mir klar, dass etwas zwischen uns passieren könnte, und ich hielt das für keine gute Idee. Aber dich danach zu meiden, war ein feiger Zug."

Etwas flackerte in Laurels Augen, etwas Tieftrauriges, aber schließlich lächelte sie. „Es ist okay. Wir sind ja jetzt hier, oder?"

Michael drückte seine Stirn an ihre und atmete die Luft

aus, von der er gar nicht gemerkt hatte, dass er sie ange-
halten hatte. „Ja. Ja, das sind wir."

Und dabei beließen sie es. Jetzt, wo sie hier waren,
zusammen – so unglaublich es auch war – wollte keiner
dem anderen Vorwürfe wegen der Vergangenheit machen.
Michael schämte sich für seine Feigheit und dass er Laurel
verletzt hatte. Er hätte nie Angst haben dürfen. Aber wenn
sie wirklich bereit war, ihm zu verzeihen und all das für
immer hinter sich zu lassen, dann würde er niemals zulassen, dass seine törichten Entscheidungen aus der Vergangenheit irgendetwas zwischen ihnen ändern würden. Wenn
überhaupt, dann würde er aus seinen Fehlern lernen und so
etwas nie wieder zulassen.

Michael hielt Laurel fest und küsste ihr Ohr. „Ich werde
dir beibringen müssen, dass du in mein Büro kommen
kannst, wann immer du willst. Ich rede viel lieber mit dir als
mit Troy."

„Vergleichst du mich mit meinem Bruder?", fragte sie
kichernd und richtete sich wieder so auf, dass sie ihn direkt
ansehen konnte. „Glaub ja nicht, dass du damit
durchkommst."

Er hob eine Augenbraue hoch. „Und was willst du
dagegen tun?"

Sie brachte ihn mit einem langen Kuss zum Schweigen,
der ihm warme Schauer über den Körper jagte. Er wollte sie
wieder, und sein Drache erwachte, zerrte an der Verbindung zwischen ihm und Laurel und versuchte, ihn davon zu
überzeugen, sie wieder auf seinen bereits wieder steif
werdenden Schwanz herunterzuziehen. Aber er widerstand
und genoss stattdessen das sanfte Schlagen ihres Herzens
an seinem und die Weichheit ihrer Lippen.

„Das wirst du schon sehen, nachdem ich dir gezeigt
habe, dass ich die beste Forschungsassistentin bin, die du je

haben wirst", sagte sie zwischen ihren Küssen, und Michael verstand nur halb, was sie meinte. Er war einfach zu bezaubert von ihr.

STUNDEN SPÄTER, nachdem Michael es endlich geschafft hatte, sich von Laurel zu lösen, verließen sie die geheime Wiese, umgeben von einer leuchtenden Blase der Freude, die sie beide umgab. Es war schwer gewesen, sich wieder von ihr zu trennen, um zurück zur Arbeit zu gehen, die ihm unbedeutend vorkam, wenn er sie mit seinem Verlangen nach ihr verglich. Aber andere Leute würden ihn brauchen, und sie waren schon länger weg gewesen, als sie vorgehabt hatten.

Michael wusste, dass es noch nicht an der Zeit war, dass jemand von ihm und Laurel erfuhr. Es war nicht so, dass er sich schämte, mit ihr zusammen zu sein – er hätte es am liebsten jedem erzählt, den er kannte, um offiziell seinen Anspruch auf sie zu erheben –, aber er hatte das Gefühl, dass das etwas war, worüber sie zuerst reden mussten. Obwohl klar war, dass da *etwas* zwischen ihnen war, war es noch nicht soweit definierbar, dass er es jemand anderem würde erklären können, geschweige denn Troy.

Und so begnügte sich Michael einfach mit der Vorfreude, sie wiederzusehen. Sie würden irgendwo ein richtiges Date haben. Irgendwann ... würde er sie an einen schönen Ort ausführen oder sie vielleicht zu sich nach Hause einladen. Es gab so viele Dinge, die sie tun konnten, und sie hatten ihr ganzes Leben Zeit dafür.

Als er sich an diesem späten Nachmittag wieder in seine Arbeit vertiefte – er untersuchte die Spuren, die Laurels Nachforschungen über das Charger-Artefakt aufgezeigt hatten –, kehrten seine Sorgen zurück. Selbst nach dem, was gerade zwischen ihnen passiert war, war sich Michael nicht ganz sicher, wo sie zueinander standen oder ob sie ihn überhaupt wiedersehen wollte. Bis zu diesem Augenblick war es ihm selbstverständlich vorgekommen. Aber war es das wirklich?

Bevor Michael sich in ein zu tiefes Loch aus Sorgen stürzen konnte, schwang seine Bürotür auf. Er blickte auf und hoffte, Laurel wiederzusehen, wurde allerdings enttäuscht.

Es war Troy.

Michael schluckte hart, als sein Freund das Zimmer durchquerte und ihm freundlich zuwinkte. Troy war die letzte Person, die er momentan sehen wollte.

„Ich habe vorhin nach dir gesucht, aber Clary sagte, du wärst nicht da. Anscheinend bist du mit Laurel zum Mittagessen ausgegangen?", sagte er mit einem irritierten Blick.

„Ich fand", hob Michael an, „dass ich, wenn ich Laurel wirklich als meine Assistentin betrachten will – und sie auch als solche einsetzen will, anstatt sie wie etwas Lästiges zu behandeln, weil ich auch allein ganz gut klarkomme –, ich mich angemessen bei ihr entschuldigen sollte."

Troy nickte, während er darüber nachdachte. „Sie hat es ziemlich schwer genommen, als du dich aus ihrem Leben entfernt hast. Ich habe ihr nie ausdrücklich gesagt, dass es Absicht war, aber ... sie ist nicht dumm. Ich werde nicht so tun, als würde ich verstehen, warum du das getan hast. Ich weiß, du siehst die Welt ganz anders als wir anderen, aber du hast sie verletzt. Ich bin sicher, sie wusste es zu schätzen."

„Ich bin mir nicht sicher, ob das ein Kompliment sein sollte oder ob du mich einen Außerirdischen nennen willst. Du bist ebenfalls etwas ungewöhnlich, auf deine eigene Art."

„Das stimmt. Aber zumindest bin ich mir normalerweise darüber im Klaren, wie das, was ich sage oder tue, auf andere wirkt. Manchmal habe ich den Eindruck, dass du vergisst, wie man sich gegenüber anderen Leuten verhält", sagte Troy.

Michael grummelte zustimmend. Troy war nicht der Erste, der das sagte, und er würde auch nicht der Letzte sein. „Vielleicht habe ich sie auch zum Mittagessen ausgeführt, weil wir neulich gestritten hatten."

„Du? Einen Streit? Du würdest eher jemanden erfrieren lassen, um die Richtigkeit deiner Argumente zu beweisen, als zu streiten", lachte Troy. „Ihre Magie wirkt schon auf dich, was? Keine Sorge, du wirst dich daran gewöhnen. Das erklärt wohl, warum sie neulich nicht in dein Büro kommen wollte."

Troy schien diese Erklärung für bare Münze zu nehmen, anstatt in Betracht zu ziehen, dass etwas anderes im Busch war, und dafür war Michael dankbar. Er glaubte nicht, dass Troy es missbilligen würde, wenn Michael und Laurel ein Paar wären. Aber dafür war es noch viel zu früh, vor allem, da Michael noch gar nicht so recht wusste, was genau zwischen ihm und Laurel war. Alles, was er wusste, war, dass er sich ohne sie unvollständig fühlte, seit er sich an diesem Tag widerwillig von ihr distanziert hatte.

„Ich habe ihre Eignung, als meine Assistentin zu arbeiten, infrage gestellt", sagte Michael. „Ich habe mich wie ein Arschloch benommen."

„Jetzt ist aber alles in Ordnung, oder?"

Michael erwiderte zunächst nichts darauf, vielleicht zu

lange. Alles war in Ordnung. *Mehr* als in Ordnung, und er wünschte, er könnte darüber reden. Aber sobald er es Troy oder einem der anderen erzählen würde, würden alle es wissen. Sie wären nicht in der Lage, ein Geheimnis zu wahren.

„Sie hat mich eines Besseren belehrt, das steht fest. Alle ihre Erkenntnisse über den Charger-Stulpenhandschuh waren goldrichtig", sagte Michael. „Dank ihr konnte ich in unseren digitalen Archiven mehr Informationen darüber finden, wie er funktioniert. Mir hatten wichtige Hinweise gefehlt, weshalb ich diese Infos vorher nicht hatte finden können. Mithilfe von ein paar weiteren Tests können wir, glaube ich, ein grundlegendes Verständnis dafür erhalten, wie der Handschuh exakt funktioniert. Das ist es aber nicht, was mir Sorgen bereitet."

Troy steckte die Hände in die Taschen. „Die Claws."

Die Claws waren eine der Organisationen, die mit Inno-Cell im Clinch standen. Aber im Gegensatz zu den anderen war „Claws" nicht ihr offizieller Name, da sie komplett im Untergrund und unsichtbar operierten. Wahrscheinlich besaßen sie Dutzende von Unternehmen, die täglich die Arbeit von InnoCell zunichtemachen wollten, aber sie waren so gut in dem, was sie taten, dass InnoCell selbst mit den gewaltigen technologischen und magischen Mitteln bislang nicht in der Lage gewesen war, die Claws aufzuspüren und endgültig zu eliminieren.

„Seit dem Launch des Lifesavers sind sie aktiver", fuhr Michael fort. „Liam sagte, er hätte alles unter Kontrolle, und ich denke, das ist immer noch der Fall. Aber irgendetwas geht mit diesem Handschuh vor sich. Das Ganze ist gefährlich. Wenn jemand ihn ihnen gestohlen und uns übergeben hat, werden sie ihn zurückhaben wollen."

Die Claws waren nicht nur dahingehend Rivalen von

InnoCell, dass sie Konkurrenten im gleichen Marktumfeld waren. Denn während InnoCell daran arbeitete, die Welt zu verbessern, taten die Claws das genaue Gegenteil: Sie saugten die Lebenskraft aus allem, was sie berührten, aus und verdrehten Ideen so, dass sie nur wenigen zugutekamen, nämlich den Claws selbst. Und die meiste Zeit über gelang es ihnen, all das im Geheimen zu tun, ohne dass es die meisten Menschen mitbekamen.

Michaels Abteilung kümmerte sich jedoch normalerweise nicht um die Claws. Das war die Aufgabe von Liam und seiner Sicherheitsabteilung. Die Abteilung für den Erwerb magischer Objekte erhielt alle ihre Artefakte über seriöse Anbieter, die die Claws kannten und mieden – genauso, wie InnoCell es tat. Ab und zu kam es jedoch vor, dass sie beide Interesse am gleichen Objekt hatten, so wie in diesem Fall, und dann wurde das Ganze interessant.

„Ich bin auch ein wenig besorgt. So etwas ist bisher noch nie passiert. Ich bin mir nicht sicher, ob jemand absichtlich versucht, den Claws eins auszuwischen, und wir absichtlich ins Kreuzfeuer geraten", sagte Troy. „Wie dem auch sei … Ich werde Liam wegen des Chargers warnen. Ich denke, er muss das jetzt wissen. Er stellt ein potenzielles Sicherheitsrisiko dar."

Troy ließ Michael wieder allein. In dessen Kopf schwirrten die Gedanken wie wild durcheinander: Laurel, Claws, der Charger. Er wusste gar nicht, wo er überhaupt anfangen, welches Geheimnis er zuerst lösen sollte.

Wie als Antwort regte sich sein Drache in ihm und veranlasste ihn, einen Blick aus den Fenstern seiner Abteilung zu werfen, aber er konnte Laurel nirgends sehen.

8

LAUREL

Laurels InnoCell-Tablet machte „Ping" und zeigte ihr damit an, dass es Zeit war, Michaels Terminplanung für die kommende Woche zu machen. Er erhielt von zahlreichen Firmen und wichtigen Personen in der Gemeinschaft magischer Wesen ständig Anfragen für Besprechungen. Es handelte sich um Leute aus Blackfall oder sogar aus anderen Teilen der Welt. Ein Artefakthersteller aus China war besonders erpicht darauf, Michael zu erreichen, aber egal wie oft die zuständige Person anrief, Michaels Terminplan war für den kommenden Monat immer noch größtenteils voll.

Laurels Aufgabe bestand also eigentlich nur darin, dafür zu sorgen, dass keine plötzlichen Terminkollisionen auftraten, und wenn doch, die betroffenen Parteien zu benachrichtigen. Obwohl dies genau genommen der langweiligste Teil ihres Jobs war, genoss sie ihn dennoch. Die Pflege von Michaels Terminkalender war ein Einblick in seine Denk- und Lebensweise: Er führte ein sehr durchgeplantes Leben, in dem so ziemlich alles weit im Voraus geplant war und wenig Raum für Spontaneität ließ.

Zu wissen, wo er sein würde, woran er arbeitete, und ihren Teil dazu beizutragen, dass alles reibungslos funktionierte, wie eine gut geölte Maschine, führte dazu, dass auch Laurel sich ihm näher fühlt. Die Tatsache, dass er jede Woche drei Stunden damit verbrachte, sich mit seinen Mitarbeitern bezüglich neuer Ideen auszutauschen, ließ die Eiseskälte, die normalerweise seine Persönlichkeit dominierte, weniger authentisch erscheinen. So unnahbar und kalt war er gar nicht.

Und in gewisser Weise hatte sie das seit ihrer Geburtstagsfeier vor zwei Jahren gewusst. Als er den Mann angegriffen hatte, der Laurel belästigt hatte, hatte Michael gezeigt, dass er sich um sie sorgte. Und er hatte es erst neulich wieder bewiesen, als sie zu seiner geheimen Wiese in den Bergen gefahren waren.

Ihre gemeinsame Zeit kam ihr immer noch vor wie ein Traum. Sie fragte sich, ob das alles wirklich passiert war. All das, was er ihr gesagt hatte, dass er sich geirrt habe. Die Art, wie er sie berührt und geküsst hatte ... Es ließ ihr Herz schneller schlagen und ihre Laune steigen. Alles an Michael zog sie an, und sie sehnte sich nach seiner Berührung, dem Klang seiner Stimme ... Ab und zu, wenn er mit hochgezogenen Jalousien in seinem Büro arbeitete, warf sie einen Blick auf ihn, um sich daran zu erinnern, dass er existierte.

Aber ein Teil von ihr war in einer Blase der Unsicherheit gefangen. Ging es ihm ebenso wie ihr, nämlich dass jeder Atemzug eine Qual war, wenn sie nicht in seiner Nähe war? Sie erwischte ihn nie dabei, wie er einen Blick auf sie war, während sie in ihrem kleinen Büro ihm gegenüber saß, wo sie die Jalousien immer offen hielt, in der Hoffnung, dass sie ihn sehen würde, wie er sie sehnsüchtig anstarrte.

Da war etwas zwischen ihnen, ob sie es sich eingestehen wollten oder nicht. Sie spürte ein Feuer in ihrem Inneren brennen, seit sie miteinander geschlafen hatten, das etwas verstärkte, das schon seit Jahren schwach geflackert hatte. Oder war sie einfach nur verrückt geworden, hatte einen Schlag auf den Kopf bekommen und völlig vergessen, wo sie hingehörte?

Laurel war mit Michaels Terminkalender fertig und sah noch einmal zu ihm hinüber. Heute hatte er eines seiner wenigen abendlichen Meetings: Er traf sich mit einer örtlichen Unternehmerin, einem weiblichen Vampir aus einem der lokalen Zirkel. Das Treffen war arrangiert worden, lange bevor Laurel ins Spiel gekommen war, also hatte sie keine Ahnung, worum es gehen sollte. Aber nur ein Blinder würde die Frau als etwas anderes beschreiben als zum Umfallen schön; eine passende Beschreibung, denn tatsächlich *war* sie tot.

Laurel verließ ihr Büro, um mit ihrer Forschungsarbeit zu beginnen, weil ihr überarbeitetes Gehirn drohte, sich zu sehr aufzuregen oder eifersüchtig zu werden. Es war ein berufliches Treffen. Es spielte keine Rolle, wie die Frau aussah.

Erschwerend kam allerdings hinzu, dass sie das Gefühl hatte, er würde ihr wieder aus dem Weg gehen, seit sie miteinander geschlafen hatten, nur auf eine weniger offensichtliche Weise. Er antwortete auf keine ihrer Nachrichten, es sei denn, es war dringend und arbeitsbezogen. Und wann immer sie sich in seinem Büro oder in der Abteilung begegneten und miteinander sprachen, war er kalt und abweisend. Seine warmherzige Seite, die sie hatte sehen dürfen, war schemenhaft da, eingegraben in seine Augen und seine Züge. Vorhanden, aber irgendwie auch wieder nicht.

Gelinde gesagt war Laurel etwas verwirrt. Sie hatte wirklich angenommen, dass da mehr zwischen ihnen war als nur ein One-Night-Stand.

Aber er war beschäftigt. Sie wusste, dass er es war. Also hielt sie den Atem an, wartete und hoffte, dass ihre Arbeit sie lange genug ablenken würde.

Die Abteilung für die Akquisition magischer Objekte erhielt Artefakte aus der ganzen Welt. Das Netzwerk von InnoCell war riesig und verbunden mit den magischen Märkten in so ziemlich jeder größeren Stadt der Welt. Laurel lernte schnell, dass es nur noch eine Handvoll zuverlässiger Händler in Amerika gab. Den Aufzeichnungen zufolge waren die meisten, die InnoCell zuvor beauftragt hatte, mittlerweile von den Claws infiltriert worden.

Sie hatte bereits ein wenig mehr über diese Organisation erfahren, aber als sie Michael danach gefragt hatte, hatte er ihr gesagt, dass die Claws normalerweise nicht Teil ihrer Arbeit waren, also brauchte sie nicht mehr über sie zu wissen. Also hatte sie es dabei belassen.

Die neuen Artefakte wurden in silberbeschichteten Schutzhüllen von einer großen, sommersprossigen Frau mit durchdringenden, bernsteinfarbenen Augen und spitzen Ohren geliefert. Auf den ersten Blick schien sie kein geeigneter Schutz für diese mächtigen Artefakte zu sein. Aber Laurel wusste sofort, dass sie eine Elfe war. Diese waren für ihre überragenden magischen Fähigkeiten bekannt. Niemand legte sich mit den Elfen an, es sei denn, er war lebensmüde.

„Heute nur drei?", fragte Laurel. Die Koffer waren zu schwer für sie, um sie zu tragen, also ließ sie sie von der Frau auf einen der Untersuchungstische stellen.

„Der Rest ist bereits identifiziert oder sollte an andere Leute in der Abteilung geliefert zu werden", erwiderte die Elfe. „Das sind die einzigen, die Michaels direkte Aufmerksamkeit erfordern. Oder ist das jetzt Ihre Aufgabe?"

„Alle, die über mein Fachwissen hinausgehen, werden zu Michael geschickt, ja."

„Gut." Die Frau schlug mit der Hand auf den nächstgelegenen Koffer. „Der Typ arbeitet zu viel. Wenn Sie ihn das nächste Mal sehen, grüßen Sie ihn von Faorynn."

Und damit machte sich die Elfenfrau davon und ließ Laurel mit den neuen Artefakten allein. Pakete dieser Art wurden in regelmäßigen Abständen geliefert. Normalerweise nicht zu einem bestimmten Datum, und sie enthielten zwischen einem und einem Dutzend verschiedener Artefakte, die identifiziert, sortiert und neu verteilt werden mussten. Es handelte sich um Aufträge verschiedener Firmen oder um Lieferungen von Auktionen, um Geschenke, manchmal sogar um Bestechungsgelder – obwohl das bei InnoCell normalerweise nicht funktionierte, soweit Laurel das beurteilen konnte.

Die Arbeit mit den neuen Lieferungen machte den Großteil von Laurels Arbeit aus. Vorher war das Michaels Aufgabe gewesen. Einige der Artefakte waren simpel, andere wahnsinnig komplex. Innerhalb der zwei Wochen, in denen sie bereits hier arbeitete, hatte sie eines an Michael weitergegeben, das er binnen kürzester Zeit identifiziert hatte, sobald er den richtigen magischen Kontext gefunden hatte, zu dem Laurel keinen Zugang gehabt hatte.

Das erste Artefakt war ein mit Stacheln besetzter Reifen, etwa so groß wie ein Fahrradrad, auf dessen Oberfläche verschiedene Runen eingraviert waren. Das faszinierte sie so sehr, dass sie sich nicht die Mühe machte, die anderen beiden anzuschauen. Stattdessen stürzte sie sich sofort in die digitalen Archive von InnoCell, um herauszufinden, was es sein könnte.

Wenn sie neue Artefakte erforschte, fühlte sich Laurel Michael ebenfalls näher. Obwohl sie sich wünschte, sie könnte das gemeinsam mit ihm tun, reichte es ihr momentan, zu wissen, dass er diese Art von Arbeit ebenso liebte wie sie. Es machte sie sogar ein wenig traurig, dass er sie aufgegeben hatte, um Zeit für anderes zu haben. Sie hoffte, dass dieses andere ihm ebenfalls Freude bereitete.

Nach ein paar Stunden Arbeit hatte Laurel immer noch nichts über den Reifen herausgefunden. Schon früh hatte sie bemerkt, dass die Runen irgendwie nordisch aussahen, aber etwas stimmte nicht mit ihnen. Sie waren entweder verändert worden, oder sie stammten doch von woanders. Gerade wollte sie sie genauer unter die Lupe nehmen, als das „Ping" ihres Tablets ihr anzeigte, dass sie eine E-Mail erhalten hatte.

Also schaute sie rasch in ihren Posteingang. Da sie nun Michaels persönliche Assistentin war, leitete er ihr oft E-Mails weiter, die besser von ihr bearbeitet werden sollten. Diesmal aber erhoffte sie sich etwas anderes. Sie sehnte sich nach seiner Aufmerksamkeit. Alles, was sie wollte, war zu wissen, dass er an sie dachte. Das hätte sie zufriedengestellt, bis sie das nächste Mal allein sein würden.

Diese E-Mail aber war gar nicht von Michael. Der Absender war unbekannt.

Sehr geehrte Laurel Frest,

ich hoffe, es geht Ihnen gut. Mir ist zu Ohren gekommen, dass Ihr Chef kürzlich ein sehr machtvolles Artefakt erworben hat: einen gläsernen Stulpenhandschuh.

Ich werde ihn Ihnen für den Betrag von 200 Millionen US-Dollar abkaufen.

Wenn Sie mit dieser Summe einverstanden sind, setzen Sie sich bitte schnellstmöglich mit mir in Verbindung.

Freundliche Grüße

Ein Freund

Beim Lesen der E-Mail hatte Laurel eine Gänsehaut

bekommen. Aus irgendeinem Grund hatte sie ein sehr ungutes Gefühl in ihr ausgelöst, auch wenn sie nicht sofort sagen konnte, warum. Aber sie wusste ganz genau, dass Michael und Troy entschieden hatten, dass der Charger viel zu gefährlich war, als dass man öffentlich über ihn hätte reden können. Also hatten sie dafür gesorgt, dessen Existenz geheim zu halten.

Kein Außenstehender hätte wissen können, dass Inno-Cell den Handschuh überhaupt hatte. Nur eine Handvoll der dort Beschäftigten war sich überhaupt bewusst, dass es so etwas überhaupt gab.

Verwirrung machte sich in Laurel breit. Sie wusste, dass etwas vor sich ging, von dem Michael und Troy ihr nichts hatten erzählen wollen. Aber irgendetwas fühlte sich komisch an. Würde sie sich Antworten von Evan oder Liam holen müssen? Sie hatte keinen von ihnen gesehen, seit sie angefangen hatte hier zu arbeiten, obwohl sie annahm, dass die beiden das mittlerweile wussten. Aber die Wahrscheinlichkeit war hoch, dass sie genauso wortkarg wären wie die anderen.

Laurel holte tief Luft und versuchte, sich zu sammeln. Das war schon in Ordnung. Sie musste nicht alles wissen, und das hier war bestimmt nichts, worüber man in Panik geraten müsste. Aber als Michaels Assistentin musste sie ihm davon erzählen, besonders in Anbetracht der ungewöhnlichen Umstände. Sie schickte ihm rasch eine Nachricht, in der Hoffnung, dass sein Meeting bereits zu Ende war und er sofort antworten würde. Aber zunächst kam keine Reaktion.

Gut. Er wollte, dass sie in sein Büro stürmte, wann immer sie es für nötig hielt, nicht wahr? Dann würde Michael bekommen, was er wollte. Das wäre sicherlich in Ordnung.

Sie packte alle Bücher und Dokumente zusammen, die sie für ihre Nachforschungen verwendet hatte, schloss die neuen Artefakte in den magischen Tresoren ein und machte sich auf den Weg zu Michaels Büro. Ihre Hoffnung schwand, als sie sah, dass die Jalousien heruntergezogen waren. Was sollte das bedeuten? Er hatte sich zwei Stunden Zeit genommen, um sich mit der mysteriösen, brünetten Vampirin zu treffen, und jetzt waren sie ganz allein ...

Es spielte keine Rolle. Dass geheime Informationen möglicherweise durchgesickert waren, stellte definitiv einen Notfall dar. Bevor Laurel wieder Zweifel kommen konnten, riss sie die Tür zu Michaels Büro auf und stürmte hinein.

Sie sah zum Schreibtisch, zu den Sesseln in der Ecke, aber niemand war da.

„Michael?", fragte sie zögernd, um sicherzugehen. Aber das Büro fühlte sich kalt und leer an. Er musste schon seit einer Weile weg sein.

Sie schickte ihm eine weitere Nachricht. Normalerweise antwortete er, wenn ihre Nachrichten arbeitsbezogen waren, innerhalb weniger Minuten, es sei denn, er war in einer wichtigen Besprechung. Dann ließ er sie wissen, dass sie warten musste. Dieses Mal aber kam nichts. Sie hatte das ungute Gefühl, dass er sie einfach ignorierte. War er mit der Vampirin ausgegangen?

Sie biss sich auf die Lippe, verärgert, aber auch besorgt. Vielleicht reagierte sie über. Wenn Michael das als keine große Sache betrachtete, dann würde sie das auch nicht tun.

Nachdem sich ihre Nerven wieder beruhigt hatten, beschloss sie, ohne ihn weiterzumachen. Sie ging zurück in ihr Büro und las die mysteriöse E-Mail wieder und wieder. Als sie sie auswendig gelernt hatte, schrieb sie eine Antwort, in der sie erklärte, dass der Handschuh derzeit nicht zum Verkauf stünde, und ging dann nach Hause.

9

MICHAEL

Glasvitrinen mit Artefakten reihten sich in dem großen Raum aneinander. Michael wanderte durch die Gänge und las die Beschriftungen derjenigen, die ihn interessierten. InnoCell suchte in der Regel nie nach bestimmten Arten von Artefakten, sondern nach solchen, die dem Unternehmen bei der Umsetzung seiner Ziele helfen könnten. Oder nach Gegenständen, die zu gefährlich waren und die besser in einem sicheren Tresor aufbewahrt wurden. Wie der Charger, der vor ihrer Eingangstür abgestellt worden war.

Er ging an Geräten vorbei, die Menschen das Fliegen ermöglichten – das war nichts Besonderes, denn viele Menschen mit magischen Fähigkeiten und weitere Kreaturen konnten das bereits – und an Taschen, die unendlich viele Gegenstände enthielten. Am Ende eines Ganges blieb er stehen und betrachtete einen kleinen, schwarzen Koffer. Er sah aus wie ein Bildschirm, war aber geöffnet, um zu zeigen, dass da eindeutig mehr drin war.

Auf dem Etikett stand, dass es ein unerschöpflicher Schminkkoffer wäre. Völlig überflüssig und nutzlos für die

Firma, aber Michael hielt inne und dachte an Laurel. Würde ihr so etwas gefallen? Zwar wirkte sie nicht unbedingt Make-up-besessen, dennoch war sie immer gut und kunstvoll geschminkt. Wenn es ihr gefiel, mit verschiedenen Looks zu experimentieren, würde sie diesen Schminkkoffer vielleicht zu schätzen wissen.

„Finden Sie etwas nach Ihrem Geschmack, Mr. Koff?", fragte eine Frau.

Michael drehte den Kopf zu ihr. Lydia stand neben ihm, ihre zarten Hände über ihrem blutroten Kleid übereinandergelegt. Ihre Augen waren hellgrau, gesprenkelt mit schimmernden Lichtpünktchen. Er war sich nicht ganz sicher, was sie war – aber sie war definitiv kein Mensch.

Lydia neigte den Kopf, um das Artefakt besser sehen zu können, das er betrachtete. „Ah, ja. Eine unserer neuesten Kreationen", sagte sie, und als sie lächelte, sah man ihre scharfen Zähne. „Ein passendes Geschenk für eine besondere Dame. Haben Sie jemand Besonderen im Sinn?"

Der Schminkkoffer war eine absurde Idee, aber Michael musste wieder hinsehen. Als er das schlanke Etui erneut betrachtete, summte sein Handy in seiner Tasche. Wahrscheinlich eine weitere Nachricht von Laurel, die er erneut ignorierte, ohne sie zu lesen. Sie hatte ihm oft angeschrieben, meistens bezüglich Arbeitsthemen und um sich gelegentlich nach ihm zu erkundigen. Aber nach ihrem Erlebnis auf der geheimen Wiese war er mit seinen Antworten nachlässiger geworden.

Er entfernte sich von dem Schminkkoffer, ohne Lydia noch einmal anzusehen. „Ich bin im Auftrag von InnoCell hier."

„Natürlich, Mr. Koff. Gibt es irgendetwas, wobei ich Ihnen helfen kann?", fragte sie.

„Ich würde gerne einen Blick auf ihre neue Serie von

Überwachungsgeräten werfen. Meine Quellen haben mir verraten, dass Sie die Eigenschaften mehrerer alter Artefakte zu etwas Neuem verschmolzen haben?"

„Ja. Unser neuestes Überwachungs- und Erkennungsgerät ist der Aural Surveillance Pro, der dem Modernsten nachempfunden ist, was es in der menschlichen Welt gibt, aber natürlich mit einem magischen Extra ..."

Sie redete endlos weiter, und obwohl Michael jedes Wort hörte, das sie sagte, war seine Aufmerksamkeit ganz woanders. Seine Gedanken kehrten immer wieder zu Laurel zurück, zu den Nachrichten, die er ignoriert hatte, und zu ihren gemeinsamen Stunden. Seitdem war keine Minute vergangen, in der er nicht an sie gedacht hätte. Er lag nachts wach, und tagsüber konnte er nicht mehr konzentriert arbeiten. Alle möglichen großen und kleinen Dinge erinnerten ihn an sie – wie der alberne Schminkkoffer.

Seine erste Reaktion, nachdem sie miteinander geschlafen hatten, war pure Erleichterung und Freude gewesen. Aber jetzt, da er mehr darüber hatte nachdenken können, war er sich sicher, dass alles ein Fehler gewesen war. Er hätte gar nicht erst zustimmen dürfen, dass sie seine Assistentin wird. Genau wie beim letzten Mal gerieten seine Gefühle nun langsam außer Kontrolle. Auch wenn er sie in seiner Nähe haben wollte, hatte er den Eindruck, sie wegstoßen zu müssen. Und sein Drache wurde jedes Mal wütend, wenn er das tat.

„... wir haben auch einen Schutz gegen Geister und andere nicht-körperliche Wesen in diese Version eingebaut", fuhr Lydia fort. „Bisher konnte man nur vor der Anwesenheit eines Geistes gewarnt werden, aber wir haben die Fähigkeiten eines neuen Artefakts hinzugefügt, das es nun ermöglicht, sie komplett fernzuhalten. Weitere neue Funktionen sind ..."

Michael testete den interaktiven Steuerungsmecha-
nismus des Geräts, spielte mit den verschiedenen Schutz-
feldern und arbeitete heraus, welche Artefakte welche
Wirkungen hatten. Obwohl er gesagt hatte, dass er sich für
Überwachungsgeräte zum Schutz der Interessen von Inno-
Cell interessierte, lag dieser Bereich in Liams Verantwor-
tung, nicht Michaels. Was er wirklich herausfinden wollte,
war, wie Lydias Arbeitgeber es schaffte, Artefakte in
großem Stil und fehlerfrei zu duplizieren. Wenn er das
herausfinden könnte, dann könnte er abschätzen, wie
wahrscheinlich es war, dass die Claws mehrere Kopien des
Chargers in die Hände bekommen könnten, oder ob diejenige Kopie, die sich im Besitz von InnoCell befand, die
einzige war.

Aber selbst als er das Aural Surveillance Pro-System
untersuchte, wurde seine übliche Begeisterung für diese Art
von Arbeit durch Gedanken an Laurel überlagert. Wäre sie
in Gefahr, wenn sie den Zweck des Chargers herausfinden
würde? Sie als seine persönliche Assistentin einzustellen,
war in mehrfacher Hinsicht eine unmögliche Idee gewesen.
Sie war gut in ihrem Job, keine Frage. Bald würde sie darin
so gut wie Michael sein. Aber sie für InnoCell arbeiten zu
lassen, hatte sie indirekt in die Schusslinie zwischen der
Firma und denjenigen gebracht, die deren große Ziele
aufhalten wollten.

Und es gab einen weiteren Grund, warum es eine
unmögliche Idee gewesen war. Er sollte eigentlich neue
Artefakte erwerben und das ungewöhnliche Gerät, das er
gerade in Händen hielt, entschlüsseln, und doch wanderten
seine Gedanken bei jeder sich bietenden Gelegenheit zu ihr.
Was war nur los mit ihm? Warum verdrehte sie ihm immer
noch so den Kopf?

Michael drückte ein paar Knöpfe, die Lydia ihm gezeigt

hatte, und ein türkisfarbenes Kraftfeld bildete sich vom Boden aufwärts und errichtete eine Kuppel um sie herum.

„Das ist der fundamentale magische Verteidigungsmechanismus", sagte sie und beugte sich näher zu ihm, um auf etwas anderes auf dem Gerät zu zeigen. Sie berührte absichtlich Michaels Arm mit ihrer Brust, aber er reagierte nicht. Alles, woran er denken konnte, war Laurel. „Sie können den Umfang bis zu einem Radius von fünfundzwanzig Kilometern ausweiten, mit der Option, die Dimensionen entsprechend den Besonderheiten Ihres Grundstücks abzustimmen. Und Sie können ihn komplett unsichtbar oder nur für bestimmte Licht- und Tonspektren sichtbar machen."

Er spielte gedankenlos mit den Knöpfen und kam zu dem Schluss, dass es sich hierbei um Eigenschaften handelte, die von einfachen Verteidigungsartefakten übernommen worden waren. Vielleicht von mittelalterlichen magischen Schilden aus Europa, die man für einen umfangreicheren Zweck überarbeitet hatte. Er vergrößerte den Schild und versuchte, ihn zu einem Stern zu formen. Während er das tat, kehrten seine Gedanken wieder zu Laurel zurück.

Er war dabei, sich in sie zu verlieben. Aber er war sich sicher, dass sie auf keinen Fall an ihm interessiert war, zumindest nicht auf die gleiche Weise wie er. Heutzutage hatte man ständig Gelegenheitssex. Das war nichts Besonderes, außer man machte es zu etwas Besonderem. So, wie er Laurel einschätzte, war das bestimmt auch zwischen ihnen der Fall gewesen – und damit hatte sich die Sache. Sie war wie Danny, immer ein wenig am Flirten, auch wenn sie es nicht zugeben wollte. Deshalb war Michael so verärgert gewesen, als sie vor zwei Wochen in der Lobby mit Danny herumgealbert hatte.

Denn er war sich jetzt sicher, dass all seine Gefühle und Gedanken bedeuteten, dass er mehr wollte.

Laurel ging ihm nicht mehr aus dem Kopf. Michael träumte von ihr, sogar in seinen wachen Momenten. Er fühlte sich auf eine ganz subtile Weise zu ihr hingezogen und war immer versucht, sein Büro zu verlassen, nur um einen Blick auf sie zu werfen, was auch immer sie gerade tat.

So etwas konnte nicht gut gehen. Gerade mal eine Woche war vergangen, seit sie miteinander geschlafen hatten, und schon verlor er den Verstand. Es half nicht, dass sein Drache, der normalerweise die meiste Zeit über in seinem Inneren schlief, bis er ihn brauchte, die ganze Zeit wach war und Magie und widersprüchliche Gedanken in Michaels Kopf einströmen ließ. Die meiste Zeit über kam er sich vor wie ein völlig anderer Mensch.

Selbst jetzt, als er die Hand ausstreckte, um das Kraftfeld des Aural auszuschalten, entströmte seinen Fingerspitzen eine dünne Frostschicht und überzog das Panel. Normalerweise verschwand sie, wenn er so etwas aus Versehen tat, so schnell, wie sie gekommen war. Dieses Mal jedoch blieb der Frost bestehen und glitzerte im hellen Licht des Ausstellungsraums.

„Entschuldigen Sie, Lydia, ich wollte nicht ...", hob er an, aber sie winkte ab.

„Machen Sie sich keine Sorgen, Mr. Koff. Diese Systeme sind gegen alle Arten von Magie geschützt. Eine derartige Kleinigkeit wird sie nicht im Geringsten beschädigen", erwiderte sie. Dann brachte die Maschine das Eis an der Oberfläche zum Schmelzen, und es tropfte hinunter. „Haben Sie eine Entscheidung bezüglich des Geräts getroffen?"

Michael holte zwei Visitenkarten heraus. Diesmal setzte er seine Magie bewusst und präzise ein und tippte auf die dünne, metallene Oberfläche der zweiten Karte, um seine

Geschäftsdaten zu entfernen und sie stattdessen durch
Liams zu ersetzen. „Ich bin tatsächlich sehr an dem System
interessiert. Allerdings ist mein Kollege Liam Sallow für den
Kauf solcher Geräte zuständig. Wenden Sie sich bitte an
seinen Assistenten und vereinbaren Sie einen Termin für
einen umfangreichen Test. Wenn das Gerät diesen besteht
und auch alle anderen so beeindruckt, wie es mich beeindruckt hat, rechne ich damit, dass er einen guten Preis dafür
zahlen wird."

Lydia nahm die beiden Karten entgegen. „Danke, Mr.
Koff. Mein Geschäftspartner wird sich freuen."

„Da wir gerade von Ihrem Partner sprechen. Ich würde
gerne ein Treffen mit ihm vereinbaren, um ein weiteres
mögliches Geschäft zu besprechen. Bitte lassen Sie ihn
wissen, dass ich bereit bin, mich so bald wie möglich mit
ihm zu treffen. Setzen Sie sich einfach mit meiner Assistentin in Verbindung."

Der Gedanke an seine Assistentin, Laurel, verursachte
ein Stechen in seiner Brust. Er würde es nicht schaffen, sie
länger um sich zu haben. Sie jeden Tag zu sehen und zu
wissen, dass er sie nicht so haben konnte, wie er es sich
wünschte, würde ihm das Leben in der Arbeit zur Hölle
machen.

„Natürlich, Mr. Koff. Können Sie genauere Angaben zu
dem Treffen machen, das Ihnen vorschwebt?"

Was Michael besprechen wollte, waren natürlich die
Methoden dieser Firma zur Duplizierung und Wiederher-
stellung von Artefakten. Das waren Systeme, die er nicht
allein dadurch würde verstehen können, dass er sich ein
Meisterwerk wie den Aural Surveillance Pro nur ansah. Er
musste sich mit der Mechanik und den magischen Komponenten beschäftigen. Und leider waren das Geschäftsge-

heimnisse, die Lydias Geschäftspartner wahrscheinlich unter Verschluss halten würde.

In Anbetracht der Tatsache, dass es mehrere Anwendungsgebiete für diese Technologien gab – zumal InnoCell auch eigene Artefakte herstellte –, würde eine Art Nutzungsvereinbarung oder vielleicht der Kauf dieser Technologie einen enormen Vorteil für InnoCell darstellen. Der Arbeitsaufwand für Troys Abteilung – technologische und magische Innovationen – sowie für Evan Lowes Abteilung, die für magische und technologische Produktionen zuständig war, würde deutlich sinken. Sie könnten eine höhere Anzahl neuer Artefakte in größerem Umfang herstellen, anstatt nur einige wenige.

„Leider nicht", sagte Michael. „Das ist eine Angelegenheit, die man besser ohne vorherige Missverständnisse bespricht. Ich vertraue darauf, dass Sie ihm die Wichtigkeit des Treffens vermitteln können."

Lydia nickte. „Wir bleiben in Kontakt. Gibt es sonst noch etwas, womit ich Ihnen heute helfen kann? Vielleicht überlegen Sie sich das Schminkset für Ihre reizende Dame noch einmal?"

Michael zögerte, und in diesem kurzen Augenblick kämpfte sein Drache um die Oberhand. Ein eisiger Glanz bedeckte sein Inneres und drängte ihn, es für Laurel zu kaufen, sich dafür zu entschuldigen, dass er sie ignoriert hatte, sich nicht darum zu kümmern, was er haben konnte oder was nicht, seine Bedenken einfach zu ignorieren und stattdessen zu genießen, was er zu bekommen glaubte. Aber Michael rang dem Drachen die Kontrolle wieder ab. Er behielt die Eiseskälte bei, eine Schutzschicht, die er für das brauchte, was er als Nächstes vorhatte.

„Vielleicht ein anderes Mal", antwortete er und ging.

Auf dem Rückweg aus der Firma, die dank der Magie

gut verborgen in der Innenstadt von Blackfall lag, summte sein Handy erneut. Er presste eine Hand auf seine Hosentasche, als könnte er fühlen, wie Laurels Essenz aus ihm heraussickerte. Er ließ sie eine Weile dort und nahm einfach nur die geschäftige Atmosphäre der Stadt in sich auf, die überfüllten Bürgersteige und die hohen Palmen am Horizont. Nichts von alldem konnte die Entscheidung rückgängig machen, die er getroffen hatte, als er in der anderen Firma gewesen war.

Die Eiseskälte kroch noch tiefer in ihn hinein, als er sein Handy herausnahm. Die letzte Nachricht von Laurel lautete:

Hey Michael, geht es dir gut? Ich habe dich die letzten zwei Tage überhaupt nicht im Büro gesehen. Lass es mich wissen, wenn etwas los ist oder wenn es irgendetwas gibt, was ich tun kann, um dir zu helfen.

Michael schloss die Augen und atmete tief ein. Es gab so viele Dinge, die sie beide füreinander tun konnten. Zu wissen, was genau zwischen ihnen war, würde ihm ein weniger schlechtes Gewissen bereiten, weil er das Büro mied. Aber war nicht genauso gut auch er derjenige, der nicht nachgefragt hatte, obwohl er es so dringend wissen wollte? Vielleicht wäre sie bereit, zu reden?

Aber Michael hatte sich bereits entschieden. Also antwortete er:

Laurel, was auch immer zwischen uns läuft, wird nicht funktionieren. Ich denke, wir haben unterschiedliche Erwartungen aneinander.

Er erwähnte es nicht, weil er wusste, dass es sie genauso verletzen würde wie ihn – aber sie mit auf die Wiese zu nehmen, war ein Fehler gewesen. Wenn das nicht passiert wäre, wäre die Lage vielleicht nicht so, wie sie jetzt war: eine

Endlosschleife aus Verwirrung und Verlangen, von der Michael sich distanzieren musste.

Sein Handy summte sofort wieder, aber Michael ließ sich von der eisigen Schicht aus Gleichgültigkeit einhüllen, die ihn davon abhielt, nachzusehen, was sie erwidert hatte. Wenn er es täte, würde er bestimmt bereuen, dass er das, was zwischen ihnen entsprossen war, im Keim erstickt hatte.

Aber selbst mit der schützenden Magie, und ohne nach-gesehen zu haben, was sie geantwortet hatte, blutete ihm dennoch das Herz. Er hatte gespürt, das etwas Greifbares, etwas Echtes zwischen ihm und Laurel aufgeblüht war, und die Entscheidung, es nicht zuzugeben, hatte es nicht zum Verschwinden gebracht.

Das machte es nur umso offensichtlicher, wie eine aufkeimende Pflanze im toten Garten seines Herzens. Oder ein gähnendes Loch in der Eisschicht eines Sees.

10

LAUREL

Laurel zwang sich am nächsten Morgen aus dem Bett und ging wie immer zur Arbeit, egal wie betäubt und gebrochen sie sich fühlte. Ihr Make-up war unordentlich und ließ sie eher wie ein Zombie aussehen als die stilbewusste Frau, die sie normalerweise zu sein versuchte. Es war ohnehin egal, denn sie war wieder einmal von dem einzigen Mann zurückgewiesen worden, für den sie früher hatte hübsch aussehen wollen.

Gut, sie hätte sich für sich selbst zurechtmachen können. Aber im Moment schaffte sie es nicht, die nötige Energie dafür aufzubringen. Denn es kostete sie schon genug Kraft, zur Arbeit zu gehen, obwohl das eigentlich der letzte Ort war, an dem sie jetzt sein wollte. Jeder warf ihr komische Blicke zu, als sie die Firma betrat, und fragte sie, ob es ihr gut ginge oder ob sie krank sei oder ob das Wetter ihr nicht bekomme.

Sie war krank, ja, aber nicht so, wie sie dachten.

„Mir geht es gut", erwiderte sie jedes Mal gespielt fröhlich, auch wenn diese Fröhlichkeit völlig unecht war. „Nur ein komischer Morgen, das ist alles. Macht euch keine Sorgen um mich!"

Und sie alle glaubten ihr und ließen sie den Rest des Tages (fast) in Ruhe. So war Laurel. Tat immer so, als ob alles in Ordnung wäre, als ob alles normal, gut und schön, als ob sie perfekt und gut gelaunt wäre - um der anderen willen. Um sie nicht der Hässlichkeit auszusetzen, in die sie geraten würde, wenn sie akzeptierte, dass es ihr in Wirklichkeit gar nicht gut ging, dass sie Liebeskummer hatte und dass sie sich nie hatte eingestehen können, dass sie überhaupt verliebt war.

Jetzt, als sie vor dem Spiegel auf der Toilette stand und sich während ihrer Mittagspause versteckte, konnte sie nicht mehr leugnen, was sie nun als wahr erkannte. Sie liebte Michael, aber er liebte sie nicht. Er *wusste* nicht einmal, was sie fühlte. Er hätte nicht so mit ihr Schluss gemacht, wenn er es gewusst hätte. Er wäre feinfühliger gewesen, denn das war die Art von Mensch, die er war.

Aber dieses Wissen hielt das bisschen Make-up auf ihren Augen und ihrem Gesicht nicht davon ab, zu verschmieren, als ihre Tränen wie Sturzbäche herabfielen. Es hielt sie nicht davon ab, sich schluchzend über das Waschbecken zu werfen und innerlich immer wieder wie ein Mantra zu wiederholen, dass sie nichts von ihm hatte erwarten dürfen. Michael war schon immer distanziert gewesen, auch schon damals, bevor sie alles vermasselt hatte.

Es hielt das stetige Pochen in ihrer Brust – ein Pochen, das während des Nachmittags mit Michael auf der geheimen Wiese in ihr erwacht war – nicht davon ab, sie vor Sehnsucht schier zu zerreißen. Oder davon, sie wissen zu lassen, dass es da eine Art Verbindung gab, die sie an ihn band und ihn an sie, ob sie es wahrhaben wollten oder nicht.

Nein, nichts von dem, was passiert war, würde das jemals auslöschen können.

Laurel wischte ihr ruiniertes Make-up ab, wusch sich das Gesicht mit kaltem Wasser, um den Schmerz zu lindern, und nahm sich noch einige Augenblicke Zeit, um durchzuatmen, bevor sie einen erbärmlichen Versuch unternahm, ihre geschwollenen Augen neu zu überschminken und sich vorzeigbar zu machen, bevor sie wieder in ihr Büro gehen würde.

Sie starrte ihr Spiegelbild an. „Du musst wegen ihm nicht leiden", sagte sie sich. „Du kannst auch ohne ihn deine Arbeit machen und glücklich sein."

Sie versuchte, sich das einzureden, sich davon zu überzeugen, dass es wahr wäre, aber es war ein Kampf. Denn auch wenn Michael sie ignorierte, seit sie ihn zum ersten Mal geküsst hatte, fühlte sie sich durch ihn so vollkommen und glücklich wie nie zuvor in ihrem Leben.

Als sie die Toilette verließ und zur Artefakt-Halle ging, wo Faorynn weitere Pakete abliefern sollte, stieß Laurel direkt mit Michael zusammen. Sie war innerlich so verwirrt und so sehr in ihrer Welt, dass sie ihn nicht hatte kommen sehen.

Er packte ihre Ellbogen, um sie am Fallen zu hindern, und kurzzeitig war Laurels Brust gegen seine gepresst. Sie blickte hinauf in seine Augen, die wie eisige Seen aussahen. Sie waren dunkel und trübe, ein emotionsloser Eissturm. Und doch, als Laurel endlich wieder zur Besinnung kam und sich mühsam von ihm löste, bemerkte sie tief im Inneren ein sorgenvolles Aufflackern.

Sie strich sich den Rock glatt und vermied den Blickkon-

takt. „Es tut mir leid, Mr. Koff", sagte sie. „Ich habe nicht
aufgepasst. Ich mache mich dann mal auf den Weg."

Michael zuckte bei dieser Formalität zusammen, das
bemerkte sie, aber sie war zu betäubt und abgelenkt, um
sich darum zu kümmern. Ihre Hände umklammerten ihre
Ellbogen, genau dort, wo Michael sie festgehalten hatte, und
wollte weitergehen. Ihr Körper hatte dort seine Wärme und
seine Kälte eingefangen, und eine pulsierende Energie
strömte durch ihren Körper und versuchte, sie zu ihm
zurückzuführen. Aber sie ignorierte sie.

„Warte", sagte Michael.

Das konnte sie nicht ignorieren, egal wie sehr sie es
wollte, und sie drehte sich zu ihm um, die Arme immer noch
um sich geschlungen. Es war, als hätte seine Berührung die
ganze Wärme in ihrem Körper herausgesaugt, und jetzt
konnte sie sie nur zurückbekommen, wenn sie sich ganz von
ihm einhüllen lassen würde. Aber das würde er nicht tun,
und sie würde es nicht zulassen, selbst wenn er es wollte.

Er zögerte lange, die Heftigkeit in seinen Augen legte
sich ein wenig und enthüllte einen Hauch von Verletzlich-
keit darunter. War das Bedauern? Oder sah sie so desolat
aus, dass Michael nun erkennen konnte, wie sehr er sie
verletzt hatte?

„Geht es dir gut?", fragte er langsam, als ob die Worte zu
schwer wären, um seinen Mund zu verlassen.

Laurel schniefte. „Es gibt keinen Grund, warum es mir
nicht gut gehen sollte, nicht wahr? Wenn das alles ist, Mr.
Koff ...", antwortete sie und hatte es sich nicht verkneifen
können, etwas Gehässigkeit und den Schmerz, den sie
fühlte, mitschwingen zu lassen.

Michael richtete seine Krawatte. Er war zappeliger als
sonst, als ob ihn etwas bedrückte. Wenn sie in einem

normalen Zustand gewesen wäre, hätte sie vielleicht gefragt. Aber sie hatte sich noch nicht genug erholt, um die Regeln der Höflichkeit wieder einzuhalten. Sie war sich nicht sicher, ob sie das jemals wieder würde tun können.

„Nein, das ist alles. Wir sehen uns später", sagte er.

Selbst als Laurel wegging, fühlte es sich an, als ob nur sie beide existieren würden. Die Abteilung für magische Akquisitionen gab es nicht. Sie war nur einen langen, dunklen Korridor von dem Mann entfernt, den sie liebte. Ein Korridor des Schmerzes.

Michaels Worte hallten immer wieder in ihrem Kopf nach. Nein, sie würde ihn später nicht mehr sehen können. Das würde sie nicht ertragen. Sie konnte diesen Job nicht mehr machen, wissend, dass er ständig in der Nähe war und er unangekündigt auftauchen könnte, um all die mentalen Schilde zu durchbrechen, die sie jeden Tag gegen ihn errichten würde.

Und so ging Laurel, als sie sich von Michael abgewandt hatte, nicht in die Halle für die Lieferung von Artefakten, um Faorynn zu treffen. Sie ging direkt nach Hause.

LAUREL VERLIEß weder am nächsten noch am übernächsten Tag das Haus. Das Bett verließ sie nur ein einziges Mal, als ihr Felix' Schreie zu viel geworden waren, sodass sie ihn fütterte und dann in ihr kuscheliges Paradies zurückkehrte. Er kam nach ein paar Minuten zurück, um sich ebenfalls mit ihr unter die Decke zu kuscheln.

Vielleicht beruhte Felix' Loyalität auf einem Abhängigkeitsverhältnis, aber es war trotzdem Loyalität. Michael gegenüber empfand sie jedoch keine.

Es hatte eine Zeit gegeben – als sie noch ein Mädchen gewesen war –, da hatte Laurel davon geträumt, Michael als ihren Gefährten zu haben. Das war das Wichtigste in einer Beziehung für Gestaltwandler – der perfekte Partner, die Liebe deines Lebens, deine andere Hälfte. Es war ein Konzept, das die meisten von ihnen als Märchen abtaten. Aber es gab auch Geschichten von Leuten, die wirklich ihren perfekten Partner gefunden hatten, wie Danny und seine neue Gefährtin, die in jeglicher Hinsicht wie füreinander gemacht zu sein schienen.

All das hätte erklärt, warum Laurel sich zu Michael hingezogen fühlte und unbedingt mit ihm zusammen sein wollte und warum kein anderer Mann bezüglich Intellekt und Attraktivität mit ihm mithalten konnte.

In den vergangenen Monaten, bevor Laurel bei InnoCell als Michaels Assistentin angefangen hatte, hatte sie sich dabei ertappt, davon zu träumen, wie sie die Partnerin, die wichtigste Frau im Leben des kaltherzigen, aber verträumten Michael Koff werden würde. Sie hatte die Hoffnung nie ganz aufgeben können, dass sie füreinander bestimmt waren.

Jetzt musste Laurel akzeptieren, dass sie all die Jahre völlig falschgelegen hatte und dass das mit den Gefährten wirklich nur eine Geschichte war, die man jungen Gestaltwandlern erzählte, um ihnen den Kopf zu verdrehen. Oder dass vielleicht nur wichtige Leute wie Danny eine Chance hatten, den einen zu finden, der für sie bestimmt war.

So oder so, Laurel glaubte nicht, dass ein Gefährte in der Lage wäre, sein Gegenstück derart zu verletzen. Und damit hatte sich die Sache. Ganz zu schweigen von dem Schmerz, den Laurel jetzt empfand. Der Gedanke an Michael sandte einen unerträglichen Schmerz durch sie hindurch, da sie wusste, dass er nie der Ihre sein würde. Dass er das nicht wollte und dass sie nicht füreinander bestimmt waren. Sie musste akzeptieren, dass er nicht ihr Gefährte war.

Sie hatte nicht die Absicht, jemals wieder zur Arbeit zu gehen oder überhaupt jemals wieder ihre Wohnung zu verlassen. Warum sollte sie das auch? Sie würden den besten Job, den sie je gehabt hatte, verlieren, nur weil sie so sehr an einem Mann hing. Und sollte sie ihn nicht verlieren, weil sie nicht mehr auftauchte, dann würde sie wenigstens mit der Begründung kündigen, dass sie nicht weiter für ihn arbeiten konnte; nicht, wenn sie sich so fühlte.

Aber sie würde auch akzeptieren müssen, dass sie nun wahrscheinlich ein langweiliger Job erwartete, vielleicht sogar einer, den sie hassen würde oder wegen dem sie aus Blackfall wegziehen müsste. Andererseits könnte Laurel wieder an die Uni gehen und sich weiterbilden. Wenn auch die Welt sie im Stich gelassen hatte – sie selbst musste es nicht tun.

Selbst wenn sie wieder in einem Museum arbeiten würde, so befürchtete sie, dass die Arbeit mit Artefakten sie ständig an Michael erinnern würde. Sie würde ihren Beruf wechseln müssen, ansonsten würde sie langsam verrückt werden, auch wenn sie ihn nie wiedersehen sollte.

Felix rieb sein Gesicht an ihrer ausgestreckten Hand. Sie kuschelten sich unter die Decken – ein warmer, sicherer Zufluchtsort vor all der Gemeinheit der Welt. Normalerweise erlaubte Laurel sich nur drei Tage, um sich in ihrem Elend zu suhlen. Danach erstellte sie in der Regel einen Schlachtplan. Aber fast die gesamten zwei Tage über, die sie im Bett verbracht hatte, waren ihr Ideen und Lösungen im Kopf umhergespukt, die alle auf die gleiche, schreckliche Erkenntnis hinausliefen: Sie wusste nicht, ob sie jemals über das hier hinwegkommen würde. Zumindest nicht so bald.

Was am meisten schmerzte, war, dass Michael ihr nicht einmal eine Nachricht geschickt oder sie angerufen hatte. Nicht ein einziges Mal, nicht einmal wegen irgendetwas Arbeitsbezogenem. Hatte er überhaupt bemerkt, dass sie weg war? War es ihm einfach egal? Oder war sie bereits ersetzt worden, wahrscheinlich durch eine Hübschere und Klügere?

Laurel seufzte in ihr Kissen und drückte es an ihre Wange. Sie verbrachte die Tage in einem Gedankenstrudel, der nur aus Michael bestand. Einige beinhalteten Erinnerungen an ihre gemeinsam verbrachte Zeit, bei anderen fragte sie sich, was sie hätte besser machen können.

Er hatte gesagt, dass es zwischen ihnen nicht funktionieren würde, aber Laurel konnte gar nicht genau sagen, *was* mit ihnen passiert war. Sie waren nicht einmal annähernd ein Paar gewesen, auch wenn Laurel bei dem Gedanken daran immer schwindelig wurde. Sie hatten einfach nicht darüber gesprochen. Laurel hatte den Eindruck, dass Michael eher der Typ war, der eine Weile abwarten wollte, bevor er etwas definieren würde. Aber vielleicht hatte sie sich auch komplett geirrt. Vielleicht war es ihre Art, abzuwarten, was letztendlich alles im Keim erstickte, bevor es überhaupt hatte wachsen können.

Aber weil er nicht mit ihr reden wollte, hatte sie wirklich keine Ahnung. Sie wollte ihm wieder eine Nachricht schicken und um eine Antwort bitten, aber eine solche hatte er auch nicht bezüglich seiner ersten Nachricht gegeben. Das konnte man interpretieren, wie man wollte, und Laurel interpretierte sie auf die schlimmste Weise.

Sie wusste, dass sie anfangen musste, wieder auf die Beine zu kommen, dass das nicht ewig so weitergehen konnte. Nur war es so, dass sie sich nur schwer eine Zukunft ausmalen konnte, in der Michael nicht vorkam.

Plötzlich hörte sie ein dumpfes, pochendes Geräusch, das von irgendwoher jenseits ihrer behaglichen Decken kam. Zuerst dachte sie, sie würde es sich einbilden. Dann dachte sie, es wäre ihr Handy, aber sie wusste genau, dass dessen Klingelton ausgeschaltet war und sich außerdem anders anhörte. Also blieb nur noch die Haustür.

Laurel wollte, dass das Geräusch aufhörte, aber jemand hämmerte unaufhörlich an ihrer Tür und hinderte Laurel daran, sich wieder in ihre Kissen und Decken zu kuscheln und den Rest des Tages zu schlafen. Eigentlich hatte sie seit ihrem letzten Aufwachen nicht mehr auf die Uhr geschaut, also hatte sie keine Ahnung, wie spät es war.

Als ihr klar wurde, dass der Lärm nicht aufhören würde, schälte sie sich aus dem Bett, ließ sich Zeit mit dem Anziehen und durchquerte dann die höhlenartige Dunkelheit ihrer Wohnung, um schließlich vor der Haustür stehen zu bleiben.

Laurel blinzelte das gleißende Licht weg und schaute raus. Dort, in dem Lichtspalt, stand ein verärgert aussehender Troy mit einer braunen Papiertüte.

„Ich habe ein seltsames Gefühl von Déjà-vu", murmelte Laurel.

„Ich bin nicht hier, um dein schlechtes Benehmen zu belohnen", erwiderte er und schob sich unaufgefordert an ihr vorbei in die Wohnung. Er knipste das Licht an, und Laurel musste ihre Augen abschirmen, bis sie sich an die Helligkeit gewöhnt hatten.

„Gut", sagte sie, „denn dieses Mal werde ich nicht so leicht zu bestechen sein. Es wird mehr brauchen als einen Bagel, um mich hier rauszuholen. Du kannst mich nicht ständig in meiner Freizeit stören. Das stört das Gleichgewicht des Universums oder so. Das hat Konsequenzen."

Troys Gesichtsausdruck war nicht einmal ansatzweise amüsiert. „Ich habe meinen Kopf hingehalten, um dir diesen Job zu beschaffen, und nach weniger als einem Monat verschwindest du mitten am Tag und tauchst die nächsten zwei Tage nicht mehr auf. Ich hoffe, du hast eine Erklärung dafür."

„Wenn ich den verdammten Job nicht will, will ich den verdammten Job nicht, und du kannst nichts dagegen tun", schnauzte Laurel. Sie verschränkte die Arme, und zwischen ihnen entstand ein langes Schweigen.

Troy öffnete die Papiertüte und enthüllte einen Erdbeer-Käsekuchen-Muffin und einen Joghurtbecher. Laurel schaute kurz hin, rührte sich aber nicht. Sie hatte es ernst gemeint, als sie gesagt hatte, dass sie sich nicht so leicht bestechen lassen würde, aber ihr Magen sprach eine andere Sprache. Er knurrte. Wann hatte sie das letzte Mal etwas anderes als Reste gegessen?

„Ich dachte, du wolltest diesen Job. Du warst begeistert davon, als ich dir das erste Mal davon erzählt hatte. Warum also verhältst du dich so? Was ist hier los?"

Sie schaute weg. „Ich *war* begeistert, ja, aber ..."

„Wenn es etwas gibt, was dir nicht gefällt, können wir daran arbeiten. Du weißt, dass ich für dich da bin, oder? Dass wir über alles reden können?"

Laurel schloss den Mund. „Ja", antwortete sie, auch wenn sie der Meinung war, dass er garantiert nicht darüber mit ihr reden wollen würde, dass sie mit einem seiner besten Freunde geschlafen hatte. Und sie nicht mit ihm. Niemals.

„Dann komm zurück zur Arbeit, und wir werden eine Lösung finden. Michael braucht dich ..."

„Nein, das tut er nicht!", schrie Laurel, und ihre Stimme war beinahe schrill. „Allein die Unterstellung, dass er die Hilfe anderer braucht oder will, ist für alle Beteiligten beleidigend. Er kümmert sich um nichts und niemanden, außer um seine Arbeit, und das macht er lieber ganz allein."

„Ich weiß, dass Michael schwierig sein kann, aber das wusstest du bereits, als du zugestimmt hast, in seiner Abteilung zu arbeiten." Aber noch während Troy das sagte, drückte er eine Hand an seine Stirn. „Was hat er getan? Ich dachte, ihr würdet gut miteinander klarkommen. Er sagte, er sei mit deiner Arbeit zufrieden."

Laurel konnte nicht anders als lachen. „Und wann hat er das gesagt?"

„Erst neulich." Troy verzog das Gesicht, sagte aber nichts weiter.

„Es geht eigentlich mehr darum, was Michael *nicht* falsch gemacht hat, weißt du", fuhr Laurel fort und ließ ihrem Ärger endlich freien Lauf. „Er hat überhaupt nicht mehr auf meine E-Mails und Nachrichten reagiert, auch nicht auf wichtige Dinge, die mit der Arbeit zu tun haben. Jedes Mal, wenn ich versucht habe, ihn persönlich oder in seinem Büro anzusprechen, hat er eine Ausrede gefunden, um sich davonzustehlen. Ich weiß nicht einmal mehr, ob sein Terminkalender stimmt, denn ich vermute, dass er sich seinen eigenen gemacht hat, den er unabhängig von meiner Arbeit pflegt."

Laurel begann auf und ab zu gehen, und Troy verschränkte die Arme und wartete. Sie war noch lange nicht fertig, und während sie all ihre Beschwerden über ihre Arbeit und über Michael vortrug, begann die Magie sie zu durchfluten. Ihre Drachin erwachte in ihr und sandte knisterndes Feuer durch ihren Körper, wobei jeder Kritikpunkt sie mehr in Brand steckte.

„Michael hat einen riesigen Rückstand an Artefakten, die er inspizieren müsste. Solche, die weit über mein Fachwissen hinausgehen. Und obwohl ich gerne tiefer in den Archiven graben und herausfinden würde, was jedes einzelne davon ist, habe ich einfach nicht die Zeit dafür, weil er einfach immer mehr bestellt. Wahrscheinlich mit dem erklärten Ziel, mich zu überfordern. Nun, herzlichen Glückwunsch, Michael, du hast bekommen, was du wolltest! Ich bin weg!" Sie warf ihre Arme in einer übertriebenen Geste in die Höhe, aber ihre Energie und Wut begannen bereits zu schwinden.

Es war leicht, wütend zu sein, denn so fühlte sie sich eigentlich gar nicht. Im Großen und Ganzen waren ihr all diese Dinge egal. Michael könnte die schwierigste Person auf dem Planeten sein, für die man arbeiten müsste, und sie würde das alles in Kauf nehmen, solange sie einen Job hatte, den sie liebte.

Die Wut und der Schmerz schwollen in ihrer Brust an und drückten gegen die Mauern, die sie um sich herum aufgebaut hatte. Laurel zerbrach langsam innerlich. „Seit wir ... Alles nur, weil ich ..."

Laurel konnte die Tränen nicht zurückhalten. Erst sammelten sie sich einzeln in ihren Augen, dann wurden es immer mehr, bis sie nichts mehr sehen konnte und alles unscharf wurde. Ihr Atem ging stoßweise und raubte ihr die Worte, und sie konnte sie nicht aussprechen: zugeben, dass sich die Dinge verändert hatten, zum Guten und zum Schlechten, seit sie mit ihm geschlafen hatte.

Troy legte ihr eine Hand auf die Schulter, und sie merkte, dass sie sich gegen den Tresen gestützt hatte. Statt ihres Herzens war da nur ein riesiges, klaffendes Loch. Sie hatte es Michael nicht einmal bewusst geschenkt, aber er hatte es trotzdem genommen. Und es dann zerquetscht.

„Es ist okay, Laurel", sagte Troy. Er strich mit der Hand in langsamen, kreisenden Bewegungen über ihren Rücken, so wie es ihre Mutter getan hatte, als sie Kinder gewesen waren. „Du kannst mir sagen, was passiert ist."

Laurel weinte, und all ihre unterdrückten Gefühle quollen aus ihr heraus. Magie waberte um sie herum, und trotz ihres inneren Aufruhrs war sie überrascht, dass sie Troy nicht damit beeinflusste. Sie waren nie immun gegen die Magie des jeweils anderen gewesen. Nach einer gefühlten Ewigkeit hatte Laurel sich soweit unter Kontrolle, dass sie wieder sprechen konnte, aber nur, weil eine leichte Taubheit sich ihrer bemächtigte. Daraufhin wurde ihr langsam alles egal.

Zumindest redete sie sich das ein. Aber die Tränen flossen trotzdem weiter, und die Leere blieb.

„Es ist einfach passiert", sagte Laurel. Sie hatte immer noch genug Stolz, um peinlich berührt zu sein. Sie hatte keine Ahnung, wie viel sie Troy erzählen sollte.

„Was denn?", fragte dieser.

Laurel zuckte nur mit den Schultern und versuchte, so zu tun, als wäre es keine große Sache. Als ob ihre vorherige Reaktion nicht das genaue Gegenteil verraten hätte.

„Laurel. Wir können das nicht in Ordnung bringen, wenn du nicht mit mir redest."

„Es gibt nichts in Ordnung zu bringen, Troy. Michael und ich haben miteinander geschlafen. So. Bist du nun zufrieden, dass du die Wahrheit kennst?"

Sie musste ihm zugutehalten, dass er nicht wütend wurde. Aber er sah sie mit einem skeptischen Blick an – beinahe missbilligend, wie Laurel fand.

„Oh, sieh mich nicht so an. Was hast du erwartet, was passieren würde, wenn du uns so zusammenbringst?"

„Ich weiß nicht genau, wovon du redest", erwiderte Troy ein wenig zu hastig.

„Ich bin in Michael verliebt, seit ich ein Kind bin. Und er ist immer noch genauso blind wie damals", entgegnete sie wütend, als ob das jedem hätte auffallen müssen. War es das nicht? Sie konnte nicht mehr zählen, wie oft sie ihn angesehen hatte, um ihm mit ihren Augen zu zeigen, wie viel er ihr bedeutete. Vielleicht hatte er es nicht gesehen, weil er ihre Gefühle nicht teilte.

„Mist", sagte Troy schließlich. Diesmal bedeckte er sein Gesicht mit den Händen, fuhr sich über die Wangen und stieß einen verzweifelten Seufzer aus. „Es tut mir leid, Laurel. Das habe ich nicht gewusst. Das ist wirklich alles meine Schuld, nicht wahr?"

„Ja, ist es." Sie schnappte sich den Joghurt und den Muffin. „Also, ich habe diesen blöden Muffin wirklich verdient."

Sie biss zu aggressiv in ihn hinein, und ein Brocken davon fiel auf den Boden.

„Ich meine ... Laurel, ich habe meine Magie bei euch beiden eingesetzt, weil ich dachte, ihr würdet sonst nicht zusammenarbeiten können. Ich habe nur ein wenig benutzt, um euch über die erste Hürde hinwegzuhelfen. Ich dachte, sobald Michael sieht, wie gut du in deinem Job bist ..."

„Du hast *was*?"

Troy lächelte verlegen, ein Ausdruck, der ihn jungenhaft und unschuldig erscheinen ließ, auch wenn er das genaue Gegenteil war. „Ja ... Ich dachte, es wäre gut für euch beide. Ich habe nicht damit gerechnet, dass es zu so etwas führen würde."

Troys Magie war das Gegenteil von Laurels: während sie die Menschen auseinanderzog, oft in emotionalen Ausbrüchen, und schließlich ihre Wahrheiten und Leidenschaften ans Licht brachte, ermöglichte Troy ihnen (und, seltsamerweise, den magischen Objekten) gegen alle Widerstände Harmonie und Zusammenhalt. Er hatte versucht, seine Magie zu benutzen, um die verwirrende Geschichte, die bereits zwischen Laurel und Michael existiert hatte, auszulöschen, um einen Neuanfang zu ermöglichen. Aber das war völlig in die Hose gegangen.

Sie war noch fixierter auf ihn geworden, und Michael noch distanzierter. Konnten sie ihr Verhältnis unter diesen Umständen jemals wiederherstellen?

Auch wenn Michael sie so sehr verletzt hatte, musste sie zugeben, dass sie ihn immer noch wollte. Allein der Gedanke an ihn ließ ihr Herz vor Sehnsucht rasen. Sie sehnte sich danach, ihn in sich zu spüren und ihre Arme um ihn zu schlingen. Sie sehnte sich nach seinem Kuss, nach dem Klang seiner Stimme und seinem leisen Flüstern in ihrem Ohr. Würde sie das jemals wieder erleben?

„Es tut mir leid, Laurel", sagte Troy. „Ich wollte das wirklich nicht."

Nach einer Weile seufzte sie. „Du bist also nicht böse?"

„Böse? Nein, natürlich nicht. Du magst meine kleine Schwester sein, aber du bist eine erwachsene Frau. Und Michael ist ein super Typ. Ich würde mein Leben für ihn geben und ich weiß, dass er dasselbe für mich, dich oder jeden bei InnoCell tun würde. Es ist nur schwer zu wissen, was in seinem Kopf vor sich geht. Willst du, dass ich mit ihm rede?"

„Was? Nein!", erwiderte Laurel, auch wenn sie innerlich „Ja!" schrie.

Sie wollte unbedingt wissen, was er dachte, warum er getan hatte, was er getan hatte. Selbst wenn es nur ein Schlussstrich war, um sicher zu sein, dass eine Beziehung zwischen ihnen nicht funktioniert hätte. Aber es wurde ihr ganz warm ums Herz, zu wissen, dass Troy es gutgeheißen hätte, wenn sie und Michael zusammengekommen wären, auch wenn sie sich dadurch noch mehr nach ihm sehnte. Normalerweise brauchte sie Troys Zustimmung nicht, wenn sie Entscheidungen traf. Aber da Michael einer seiner Freunde war und sie zu Troy aufschaute, war das wichtig für sie.

„Bist du sicher?", fragte Troy. Er sah immer noch ziemlich besorgt aus. „Michael ist normalerweise nicht die Art von Mann, der mit jemandem schläft, nur weil er es kann. Wenn er dir so wehgetan hat, gab es dazu sicher einen guten Grund. Oder vielleicht war es ein Missverständnis."

Laurel schloss die Augen und biss wieder in ihren Muffin, um Troy noch nicht antworten zu müssen. Auch sie würde gerne glauben, dass es ein Missverständnis war, dass es noch eine Chance für sie gab. Aber durfte sie sich dieser Hoffnung hingeben? Am Ende würde er sie nur ein weiteres Mal zurückweisen, und das würde ihr den Todesstoß versetzen.

„Es hat keinen Sinn", antwortete Laurel schließlich. „Er wird es einfach leugnen. Du weißt ja, wie er ist."

„Ja. Gibt es sonst noch etwas, was ich für dich tun kann? Es tut mir weh, dich so zu sehen. Lass mich dich auch für die nächste Woche freigeben, nur damit du mehr Zeit hast, zu entscheiden, was du tun willst."

Laurel würde alles tun, um Michaels Lippen wieder auf ihren zu spüren. Nach ihrem Streit – gleich nachdem sie angefangen hatte, für ihn zu arbeiten – hatte sie immer daran denken müssen, wie die Zeit langsamer geworden war, während sie sich geküsst hatten; als hätte die ganze Welt auf „Pause" gedrückt, und nur sie beide hätten existiert. Sie hatte ihn damals verzaubert, wenn auch aus

Versehen.

Und sie wusste, dass er sie nicht geküsst hätte, wenn er es nicht *wirklich* gewollt hätte, ganz tief im Inneren. Weder sie noch Troy glaubten, dass er mit ihr geschlafen hatte und es dann einfach auf sich hatte beruhen lassen wollen. Die Leere in ihr, die Aufgeregtheit ihrer Drachin und ihre allgemeine Sehnsucht nach Michael wollten die Hoffnung noch nicht ganz aufgeben. Es doch zu tun, würde ihr Ende bedeuten.

„Danke für alles, Troy", sagte Laurel langsam, als würde sie endlich aus einem monatelangen Winterschlaf erwachen. „Aber das ist etwas, das ich selbst herausfinden muss."

Während sie die Worte aussprach, begann sich in ihrem Kopf bereits ein Plan zu formen. Michael würde sich vielleicht damit zufriedengeben, Laurel beiseitezuschieben, und sie mit der Tatsache allein lassen, dass sie ihn jeden Augenblick, den sie nicht bei ihm war, vermisste. Aber Laurel wollte nicht so einfach aufgeben. Sie würde um ihn kämpfen, und schließlich würde sie ihn dazu bringen – ob er das wollte oder nicht –, ihr die eine Antwort zu geben.

Ihr Herz pochte wild in ihrer Brust. Sie hoffte nur, dass es die Antwort sein würde, die sie hören wollte.

11

MICHAEL

Michael schleppte zwei weitere Kisten mit Artefakten in den gepanzerten Wagen, als Troy, Evan und Liam die Laderampe betraten.

„Ist das der Letzte?", fragte Liam.

„Sie sind alle da drinnen", erwiderte Michael, „auch der Charger."

Er versiegelte die Türen, sowohl mit den komplizierten, mechanischen Riegeln des gepanzerten Fahrzeugs als auch mit mehreren Schichten von magischem Schutz. Als er damit fertig war, überprüfte Liam, ob wirklich alles gut abgesichert war. Man konnte nie vorsichtig genug sein, wenn es darum ging, magische Artefakte zu transportieren und zu lagern, besonders wenn sie so mächtig waren wie diese. Oder so gefährlich wie der Charger.

„Schade, dass er weg ist", sagte Troy. „Wir hätten eine andere Verwendung für ihn finden können."

Hin und wieder erhielt InnoCell Artefakte, die zu mächtig waren, als dass sie in Umlauf bleiben könnten. Entweder, weil ihre Macht missbraucht werden könnte,

oder weil sie als Massenvernichtungswaffen verwendet
werden könnten. Für derartige Artefakte hatte InnoCell
einen geheimen Tresor, damit sie nicht in die falschen
Hände gerieten. Michael war immer enttäuscht, wenn sie
etwas gefunden hatten, das wahrscheinlich über Jahrzehnte,
wenn nicht gar Jahrhunderte, weggesperrt werden würde,
ohne jemals wieder benutzt zu werden ... Aber das war nur
etwas von vielem, das sie für das Allgemeinwohl taten,
besonders wenn Organisationen wie die Claws alles dafür
tun würden, sie an sich zu reißen und sie auf jede erdenk-
liche Weise zu missbrauchen.

„Es ist besser, kein Risiko einzugehen", sagte Liam.

Leider fiel der Charger in diese Kategorie. Und das war
der Grund, warum sie ihn heute Nacht verschickten und
nicht länger warten wollten. Sie durften nicht zulassen, dass
die Claws ihn wieder in die Hände bekamen.

„Ich weiß", erwiderte Troy.

„Wir werden etwas anderes finden, nur muss ein wenig
Zeit vergehen", sagte Michael. Er dachte an die Möglichkeit,
die sich neulich eröffnet hatte – die Wirkungsweise von
Artefakten zu duplizieren, ohne notwendigerweise das Artefakt selbst zu kopieren: „Vielleicht finden wir in der Zukunft
Wege, so ein Gerät auf sicherere Weise zu nutzen. Aber jetzt
ist es wichtig, es dort aufzubewahren, wo niemand anderes
es finden kann."

Obwohl Michael alle Nachrichten und E-Mails von
Laurel ignoriert hatte – weil es zu sehr schmerzte, an sie zu
denken, geschweige denn mit ihr zu reden –, war ihm nicht
entgangen, dass sie ihm geschrieben hatte, dass sie eine E-
Mail von jemandem erhalten hatte, der an dem Handschuh
interessiert war. Wenn jemand wusste, dass sie ihn hatten,
war es gut möglich, dass die Claws es auch wussten. Oder
dass sie es bald wissen würden. In ein paar Monaten, oder

eher in ein paar Jahren, würden sie sich auf etwas anderes konzentrieren, und dann könnte InnoCell den Charger wieder herauszuholen, um damit zu experimentieren.

Der Gedanke an Laurel sandte einen Stich durch Michaels Brust, der sein Herz wie Speerspitzen durchdrang. Er presste seine Hand darauf, als ob er den Schmerz ersticken wollte, bevor er überhandnehmen konnte. Warum hatte er sich das angetan? Laurel war – auf eine Art, die er nicht verstehen konnte – ein Teil von ihm geworden. Und doch hatte er sie weggestoßen, sie aus sich herausgeschnitten und so getan, als wäre es ihm egal. Er hatte sich nur selbst belogen.

Und in den letzten beiden Tagen, bevor sie verschwunden war, und als er ihr das letzte Mal zufällig begegnet war, hatte es so ausgesehen, als hätte sie geweint ... Er wusste, dass das alles seine Schuld gewesen war. Sie war seinetwegen weggeblieben, ohne ein einziges Wort zu sagen. Er hatte nicht einmal das Recht, sich Sorgen zu machen, und doch tat er es. Ihm war nicht klar gewesen, wie viel ihm ihre Nachrichten, die sie ihm hie und da geschickt hatte, bedeutet hatten; erst jetzt, da keine mehr kamen.

Er wollte nur wissen, dass es ihr gut ging, aber er wusste, dass er sie nicht kontaktieren würde. Michael hatte seine Entscheidung getroffen, und jetzt musste er damit leben.

Er drückte die Gedanken an Laurel weg und atmete wieder gleichmäßiger. Als er sich schließlich wieder unter Kontrolle und sich seine Atmung normalisiert hatte, drehte er sich zu den anderen um.

Es war, als hätte er Laurel herbeigerufen, anstatt sie wegzusperren. Da stand sie, auf der anderen Seite des Raumes, und starrte ihn direkt an.

Sie war schöner denn je. Ihre blonden Locken fielen ihr in üppigen Wellen über die Schultern und umrahmten ihre schwarze Weste und bildeten einen Kontrast zu den dunklen Skinny Jeans. Ihre Lippen waren gold-rot geschminkt. Michael wollte sie an sich ziehen, sie sofort küssen, ihr zeigen, wie leid es ihm tat – auf eine Art und Weise, die er nicht in Worte fassen konnte. Aber da war etwas in ihren goldbraunen Augen, in denen goldene und schwarze Sprenkel verteilt waren, das ihn innehalten ließ. Etwas Distanziertes und Gepeinigtes.

Es waren nicht nur ihre Augen, die sie anders aussehen ließen als sonst – sie sah gefährlich aus. Sie wusste mit Sicherheit, was sie gerade taten und wohin sie fahren würden. Aber anstatt zu protestieren, dass sie da war, raubte ihm ihr Anblick den Atem. Alle Funktionen in Michaels Körper legten die Arbeit nieder, ob sie lebenswichtig waren oder nicht. Er konnte weder denken noch fühlen. Sie war einfach da, auch wenn sie eigentlich gar nicht hätte da sein dürfen.

„Hey, Jungs!" Laurel winkte und wandte ihren Blick von Michael ab und richtete ihn auf Troy, Evan und Liam. Sie unterbrachen sofort ihr Gespräch, als sie sich zu ihnen neben den Transporter gesellte.

„Oh, hi, Laurel", sagte Evan. „Hätte nicht erwartet, dich hier unten zu sehen."

Ihre Stimmen rissen Michael aus seiner Benommenheit, als hätte er sein ganzes Leben lang geschlafen oder wäre in einer dunklen Höhle gefangen gewesen, und erst jetzt sah er die Schönheit der Sonne zum ersten Mal. Irgendwie schaffte er es, nicht auf sie zuzulaufen. Aber als sie auf die anderen zuging, nicht auf ihn, brachte ihre bloße Anwesenheit die Eisschicht zum Schmelzen, die Michael so verzweifelt aufrechtzuerhalten versuchte.

Sie schenkte ihm ein Lächeln, das Michael gut genug

kannte, um zu wissen, dass sie etwas vorhatte. „Ich komme mit, um die Artefakte in den Tresorraum zu bringen."

„Nein, tust du nicht", sagten Michael und Troy gleichzeitig. Sie tauschten einen Blick aus, und etwas blitzte in Troys Augen auf, aber Michael war sich nicht sicher, was es bedeutete.

Troy verschränkte die Arme und sprach Laurel direkt an: „Es ist viel zu gefährlich und verstößt außerdem gegen die Vorschriften, jemandem, der nicht Teil des Managements ist, dessen Standort zu verraten."

Laurel schnaubte verächtlich. „Ich schätze, du wirst eine Ausnahme machen müssen", erwiderte sie. „Familiensache, richtig? Ich bin in meiner Drachengestalt genauso stark wie ihr anderen. Ich kann helfen *und* auf mich selbst aufpassen, wenn etwas passieren sollte."

Michael starrte auf Troys Hinterkopf, gespannt darauf, wie er reagieren würde. Es stimmte, dass Laurel auf sich selbst aufpassen konnte, aber sie sollte trotzdem nicht hier sein, und sie sollte auf keinen Fall mit ihnen fahren. Was wollte sie erreichen? Hatte es etwas mit ihm zu tun? Er war sich nicht sicher, ob er besorgt oder erfreut sein sollte.

„Gut", lenkte Troy ein und warf aus irgendeinem Grund einen Blick auf Michael. „Du kannst mitkommen."

Wusste er von Michael und Laurel? Michael hatte das Gefühl, dass ihm einige wichtige Informationen fehlten, und es gefiel ihm nicht, im Dunkeln zu tappen. Er wollte wissen, was ihn erwartete. Aber letztendlich siegte sein Beschützerinstinkt gegenüber Laurel über alles andere. Wenn Troy zuließ, dass Laurel sich auf diese gefährliche Reise begab, dann würde Michael für ihre Sicherheit sorgen, ob sie das wollte oder nicht.

„Wenn Laurel mitkommt, dann fährt sie mit mir", sagte

Michael. Er hatte mit Entschiedenheit gesprochen, und weder Laurel noch Troy leisteten weiteren Widerstand.

Sie waren mit zwei Fahrzeugen unterwegs: einer Attrappe, die nur als zusätzlicher Schutz dienen sollte, sowie dem echten Fahrzeug, das die Artefakte transportierte. Michael hatte eigentlich mit den Artefakten mitfahren wollen, aber da Laurel nun dabei war, würden sie die Attrappe nehmen.

Er sah sie an, und sie begegnete seinem Blick. Sie hob ihr Kinn in einer Trotzreaktion, aber als Michael auf das Fahrzeug deutete, ließ sie sich klaglos auf dem Beifahrersitz nieder. Sie stellte eine Tasche zwischen ihre Füße und starrte aus der Windschutzscheibe, machte keine Anstalten zu sprechen und zeigte keinerlei Interesse an ihm. Und doch verriet sie ihre Körpersprache: Sie spielte mit dem Saum ihrer Weste und schien sich bewusst von ihm wegzulehnen, als würde sie sich gegen eine Anziehungskraft stemmen. Gegen dieselbe, gegen die Michael jedes Mal ankämpfte, wenn er sie sah.

Michael schluckte und wollte die Stille verzweifelt durchbrechen, hatte aber keine Ahnung, wie.

Wenige Minuten hatten sie das Gelände von InnoCell verlassen und fuhren mit dem anderen Transporter an der Spitze auf die offene Straße. Ein gleichmäßiges Rauschen dröhnte durch den Wagen. Während der Fahrt war Michael mehrmals versucht, zu Laurel hinüberzusehen, aber er widerstand.

Irgendwann konnte er die Stille jedoch nicht mehr ertragen. „Troy sagte, du seist krank", sagte er nach einer Weile.

„Das bin ich", antwortete sie sehr sachlich.

„Dann solltest du nicht ..."

„*Du* machst mich krank", beendete sie ihren Satz. Sie

hatte die Worte mit einer solchen Überzeugung ausgesprochen, dass Michael ihr fast geglaubt hätte. Aber etwas ganz tief in ihm hielt ihn davon ab, ihre Worte für bare Münze zu nehmen. Vielleicht lag es daran, dass sein Drache bei dieser Bemerkung besonders reizbar geworden war und Michaels Eisschicht sich neu bilden wollte. Er wehrte sich und stieß sie zurück.

„Vielleicht ist es an der Zeit, dass wir uns unterhalten", sagte er vorsichtig.

„Reden?", spottete Laurel. „Ich versuche seit über einer Woche, dich dazu zu bringen, mit mir zu reden. Haben wir das nicht hinter uns?"

Michael wandte den Blick eine Sekunde lang von der Straße und schaute zu Laurel. Ihr Ausdruck war ernst, aber sie schien nicht ganz so aufgebracht zu sein, wie sie mit ihren Worten angedeutet hatte. Ihre Lippen waren geschürzt, als würde sie etwas auswendig Gelerntes rezitieren, das sie aber nicht wirklich fühlte. Er richtete seine Aufmerksamkeit wieder auf die Straße.

„Es ist nie zu spät, zu reden", sagte er.

Er rechnete damit, dass sie pampig darauf reagieren würde, aber das tat sie nicht. Sie starrte aus dem Beifahrerfenster. Sie waren jetzt fast aus der Stadt heraus und fuhren nach Norden, wo sie schließlich den Highway verließen und in den Wald fuhren, wo InnoCell einen mit Hilfe von Magie verborgenen und gut geschützten Bunker mit eigenem Sicherheitspersonal hatte.

„Es tut mir leid, Laurel." Er schaffte es, ein wenig zu lachen. „Ich habe das Gefühl, als würde ich das jedes Mal sagen, wenn ich dich sehe, aber es ist wahr. Ich werde mich wahrscheinlich für den Rest unseres Lebens bei dir entschuldigen, aber ich hoffe, dass ich wenigstens lerne, nicht mehr dieselben Fehler zu machen. Ich bin nicht gut in ... solchen Dingen."

Laurel lachte ebenfalls ein wenig. „So viel ist sicher."

„Ich wollte dir nie wehtun, niemals. Damals auf der Wiese ... das hätte nicht passieren dürfen. Ich hatte vorgehabt, dass die Dinge zwischen uns ganz anders laufen. Und als wir dann miteinander geschlafen hatten, hat das für mich alles verändert."

Michael war sich nicht ganz sicher, was er danach sagen sollte. Er hatte überhaupt nicht vorgehabt, dieses Gespräch mit Laurel zu führen. Er hatte erwartet, sie eine ganze Weile nicht mehr zu sehen. Vielleicht erst wieder, wenn sie beide sich beruhigt hätten. Sie heute zu sehen, war etwas, womit er in hundert Jahren nicht gerechnet hätte. Alles, was er sagte, war improvisiert und kam aus ihm heraus, weil er es sagen musste, nicht weil er vorbereitet war.

„Wie bei meiner 21. Geburtstagsparty", sagte sie, um ihm zu helfen.

„Ja. So ähnlich, aber ... intensiver, wenn du verstehst, was ich meine."

Sie nickte. „Ich glaube, ich verstehe. Ich habe das auch gefühlt, weißt du."

Michaels warf ihr einen raschen Blick zu. Das war ebenfalls nicht das, was er erwartet hatte. „Wirklich?"

„Du hast mir nie genug zugetraut, Michael."

Er schloss die Augen, nur für einen kurzen Augenblick, während ihn eine Welle des Bedauerns überkam. „Ich wollte wirklich nicht, dass es so endet. Ich wollte ..."

„Du wolltest was?"

Ein Hauch von Hoffnung lag in ihrer Stimme, und Michael wollte danach greifen. Aber es war nicht einfach für ihn, ihr zu gestehen, was er fühlte. Wie sollte er ausdrücken, was er für sie empfand – wie sehr er mit ihr zusammen sein wollte, wie sehr es ihn verletzte, wenn er sie verletzt hatte, oder wie es ihn sogar schmerzte, wenn sie getrennt voneinander waren? War er nicht verrückt, so zu fühlen? Er hatte jetzt die einmalige Gelegenheit, ihr alles zu erklären, und dennoch wusste er nicht, wie. Er fand einfach nicht die richtigen Worte.

Derartige Gespräche waren ihm noch nie leichtgefallen. Gespräche im Allgemeinen nicht. Er war viel besser im … Handeln. Vielleicht war ein Kuss alles, was er brauchte, um sie von der Wahrheit zu überzeugen, aber jetzt war nicht die Zeit dafür. Das letzte Mal hatte sein Handeln nur zu noch mehr Verwirrung geführt.

Bevor er sich überlegen konnte, was er sagen sollte, war der Minikonvoi vom Highway abgefahren und fuhr tiefer in den dichter werdenden Wald hinein. Die Straße wurde zu einem Feldweg, und dann verschwand auch dieser fast vollständig. Sie fuhren in einem bestimmten Muster um Bäume herum, das jedem, der es nicht kannte, zufällig erscheinen müsste.

„Ich habe diesen Tag auf der Wiese hundertmal in meinem Kopf durchgespielt", sagte Laurel.

Michaels Augen huschten wieder zu ihr, aber sie trug eine emotionslose Maske. Aber das hätte sie nicht gesagt, wenn es nicht etwas zu bedeuten hätte, oder? Aber sie ging nicht darauf ein, was genau sie damit meinte.

„Findest du, dass es ein Fehler war?", fügte sie nach einer Pause hinzu.

Ein weiterer Stich in seiner Brust. Kein Augenblick, den er mit Laurel verbrachte, war ein Fehler. Und er hasste es, dass er sie etwas glauben ließ, dass das der Fall wäre.

„Laurel, ich …"

Eine plötzliche Stille ließ Michael stutzig werden. Dann sah er einen weißen Blitz am Heck des Transporters vor

ihnen, und die Schatten zwischen den blauen Eukalyptusbäumen rechts und links von ihnen wurden tiefer.

Michael hatte nur den Bruchteil einer Sekunde Zeit, um
die Bremse zu betätigen und seine Magie auszulösen.

Er holte tief Luft und breitete einen Kreis aus verlangs-
amter Zeit um das Fahrzeug herum und, soweit wie
möglich, um die umliegenden Bäume aus. Eine Eisschicht
kroch über Michaels Finger und das Lenkrad. Ein kalter
Dunst hob sich davon ab, als es sich weiter ausdehnte, und
Michaels Finger zitterten angesichts des plötzlichen Tempe-
raturabfalls. Aber seine Aufmerksamkeit war nicht auf sich
selbst gerichtet, sondern auf Laurel.

Tief in seinem Inneren stürmte die Urkraft, die ihn zu
dem machte, was er war, mit der Wucht eines Schneesturms
nach außen. Michael brüllte, als er sich zur Seite stürzte.
Silbrig-weiße Schuppen breiteten sich über seinen Körper
aus, seine Knochen verschoben und vergrößerten sich und
zerquetschten das Fahrzeug, während er zu seiner Drachengestalt anwuchs. Er bedeckte Laurels Körper mit seinem,
umwickelte sie mit seinen Gliedmaßen und Flügeln und
stieß die Luft wieder aus.

Gerade rechtzeitig, denn die Welt ergoss sich in einem
Farbenrausch aus Weiß und Orange.

Eine Explosion erschütterte das Fahrzeug, und Metall
und andere Teile flogen überall umher. Laurel schrie, aber
Michael hielt sie fest und schirmte sie mit dem kalten
Schutz seiner gepanzerten Schuppen ab, als das Fahrzeug in
Flammen aufging und sie in die Bäume geschleudert
wurden. Sie rollten gemeinsam einen kleinen Hügel
hinunter und blieben an den Zweigen hängen, die unter
dem Gewicht von Michaels Drachengestalt barsten.

Er hielt Laurel mit aller Kraft fest, auch wenn er Angst
hatte, sie zu zerquetschen.

Schließlich kamen sie zum Stehen, aber Michael war immer noch benommen von der Explosion. Sein Schwanz peitschte unkoordiniert durch die Bäume und zermalmte einen weiteren Baumstamm, als er versuchte, sich wieder zu orientieren. Was war passiert?

Sie waren jetzt ein Stück von ihrem kleinen Konvoi entfernt, aber Michaels geschärfte Sinne erfassten die Geräusche des Kampfes jenseits des Hügelkamms. Jemand anderes hatte sich ebenfalls in seinen Drachen verwandelt, vielleicht sogar noch mehr angesichts des Geräuschs von Flügelschlägen um sie herum. Waren sie in einen Hinterhalt geraten?

Es spielte keine Rolle, noch nicht. Vorsichtig befreite er sich aus der Schutzhülle, die er um Laurel gebildet hatte. Auch sie war benommen, und sie hatte eine Schramme an der Stirn, aber ansonsten schien sie unverletzt zu sein. Sie stolperte von ihm weg und sah sich verwirrt um, bevor sie ihren Blick auf ihn richtete.

Ihre Augen weiteten sich. „Michael, dein Bein."

Er schaute nach unten auf sein Vorderbein, auf dem karminrote Flecken seine silbernen Schuppen bedeckten. Er hatte es vorhin gar nicht gespürt, aber jetzt, wo er seinen ganzen Körper einer raschen Prüfung unterzog, merkte er, dass die Explosion und das Durchbrechen des Metallchassis des Panzerwagens seinem Körper zugesetzt hatten. Aber er würde es überleben.

Da Laurel unverletzt war, musste er nun nach den anderen sehen. Er bedeutete ihr, hierzubleiben, wo sie einigermaßen in Sicherheit war, damit er sich dem Kampf anschließen konnte.

„Nein, ich komme mit dir", sagte sie. „Ich kann helfen."

Er wusste, dass sie es konnte, aber dennoch stieß er ein leises Grollen aus. Er wollte sie beschützen, sie in Sicherheit

wissen. Wenn sie sich komplett aus dem Kampf heraus-
halten würde, wäre das der einfachste Weg. Aber jetzt war
nicht die Zeit, um darüber zu streiten.

Ein ohrenbetäubendes Rauschen ertönte nicht weit von
ihnen, und dann wurden die Bäume von einem Feuer
verschlungen. Orangefarbene Flammen leckten an dem
trockenen Gras und Geäst und breiteten sich sofort zu
einem Flächenbrand aus. Das hier war nicht nur irgendein
Hinterhalt, sondern ein magischer. Vielleicht wäre Laurel in
ihrer Drachengestalt doch sicherer. Er signalisierte sein
Einverständnis, und Laurel hob ihre Arme, während sie ihr
Drachen-Ich rief. Silbrig-goldene Schuppen rankten sich
um ihren Körper und rissen ihre Kleidung weg, als sie sich
verwandelte und wuchs. Sie war nicht so groß wie er, aber
sie war genauso stark.

Sie stürmten zusammen durch das Unterholz in Richtung des Kampfes. Michael verlangsamte die Zeit in kurzen
Abschnitten und löschte das Feuer, wo es ihm möglich war.
Als sie die zerborstenen Überreste ihres Fahrzeugs entdeck-
ten, konnte er das ganze Ausmaß der Katastrophe ermessen,
in die sie hineingeraten waren.

Die magischen Barrieren hatten das erste Fahrzeug weit-
gehend unversehrt gelassen. Aber auf der kleinen Lichtung
in der Nähe kämpften fünf Drachen. Troy war der leuchtend
goldene Drache mit Stachelschwanz, der wie ein Donnerkeil
geformt war. Evan der tief erdbraune mit Moosflecken auf
dem Rücken und gewundenen Hörnern, die wie Äste aussahen. Und Liam war der violette Drache, der so dunkel war,
dass er fast schwarz aussah. Ihnen gegenüber standen zwei
orange-rote Drachen, die den Wald in Brand gesetzt hatten.

Michael sah zu, wie Troy seine Flügel hob und sie in
langen, kräftigen Stößen schlug. Er erzeugte genug Kraft,

um die Atmosphäre zu zerreißen und Blitze auf die orange-roten Drachen zu senden. Aber Michael konnte nicht zuse-hen, was als Nächstes geschah, denn zwei weitere Drachen erschienen, und sie steuerten direkt auf Michael und Laurel zu.

Er sog einen weiteren Atemzug ein, als der erste Drache angriff, was ihm Zeit gab, die Situation zu analysieren, bevor er handelte. Die Farbe des ersten Drachen war ein verbranntes Orange; etwas, das er noch nie gesehen hatte. Er wusste nicht, über welche Fähigkeiten er verfügte. Der zweite war in einem dunklen Blau gehalten, eine Art Wasserdrache und kein ernst zu nehmender Gegner ange-sichts von Michaels Eis. Es war also der unbekannte Drache, der ein Problem für ihn darstellen würde. Laurel sollte dank ihres Donners in der Lage sein, mit dem Wasser-drachen fertig zu werden.

In den verbleibenden Sekunden der verlangsamten Zeit sprang Michael seitlich neben den größeren Drachen, landete im Dreck und schnappte nach dessen Flügel. Die Zeit bewegte sich wieder mit normaler Geschwindigkeit, aber der Drache konnte nicht schnell genug auf Michaels neue Position reagieren. Dessen Reißzähne gruben sich tief in die Flügel seines Gegners. Er kreischte und peitschte mit seinem Schwanz in Laurels Richtung, aber sie sprang zur Seite und generierte elektrische Blitze, um die beiden Drachen anzugreifen.

Sie schaffte es, den feuerroten Drachen zu betäuben, und Michael griff erneut an. Diesmal schnappte er nach seiner Kehle. Seine riesigen Zähne schnappten kurz vor der Kehle des Drachens zu. Dieser sprang nach hinten und hatte nun genug Raum, um seinen Stachelschwanz gegen Michael zu schleudern. Er traf ihn an einer empfindlichen

Stelle, die durch die Explosion verletzt worden war, und Michael taumelte von dem Drachen weg.

Neben ihm kämpften Laurel und der Wasserdrache, aber dieser hatte zu viel Angst, ihr zu nahe zu kommen. Sie hatte ihn mit einem konstanten Stromfluss im Gras festgenagelt, und schließlich schlug sie den Drachen komplett k. o. Er begann, sich wieder in einen Menschen zu verwandeln, und enthüllte eine junge Frau, die im verbrannten Gras lag.

Der feuerrote Drache nutzte diesen Moment der Ablenkung und stürzte sich auf Laurel. Michael reagierte schnell genug, um dessen Hinterbein mit den Zähnen zu erwischen, zog ihn mitten im Sprung zurück und schleuderte ihn zu Boden. Der Drache wälzte sich fauchend im Gras, und Michael sprang auf ihn und krallte sich an seinen Flügeln sowie an seiner fast ungeschützten Brust fest.

Aber dann setzte der andere seine Magie ein.

Michael bemerkte zunächst nicht, dass alle Geräusche erstickt waren. Auch nicht das weiße Glühen irgendwo um ihn herum. Aber während er sich an dem Drachen festkrallte, ihn schließlich besiegte und ihn in die Bäume schleuderte, sah Michael schließlich den flackernden Punkt direkt neben Laurel.

„Nein!", brüllte er innerlich und sog panisch den Atem ein, aber so unkontrolliert, dass er die Zeit nicht ganz verlangsamte. Er erhob sich in die Luft, gerade rechtzeitig, um Laurel wegstoßen zu können, bevor der weiße Punkt explodierte und Luft und Flamen um ihn herum loderten, sich durch seine Flügel, Schuppen und Knochen fraßen und ihn und Laurel zu Boden stießen.

Als Michael die Zeit wieder laufen ließ, wusste er, dass Laurel in Sicherheit war. Er spürte ihren zitternden Körper unter ihm, ihr gleichmäßiges Ein- und Ausatmen. Aber Michael hatte das Ganze nicht unbeschadet überstanden.

Als die Welt um ihn herum langsam schwarz wurde und er sich wieder in seine Menschengestalt verwandelte, dachte er nur daran, wie froh er war, dass Laurel in Sicherheit war. Und wie sehr er es bedauerte, dass er ihr nicht hatte sagen können, was er wirklich für sie empfand.

12

LAUREL

Nachdem sie einen Tag lang nur geschlafen und sich erholt hatte, verbrachte Laurel die folgenden zwei Tage damit, Michaels Termine für die nächsten zwei Wochen umzuplanen. Troy und Liam hatten sie gebeten, zu sagen, dass ein nahes Familienmitglied einen plötzlichen gesundheitlichen Rückschlag erlitten hätte und dass Michael kurzfristig hatte abreisen müssen, um für unbestimmte Zeit an dessen Seite zu sein. Alle waren natürlich verständnisvoll, aber jedes Mal, wenn Laurel die Worte aussprach, hatte sie das Gefühl, dass sie sich selbst von dieser Lüge überzeugt hatte, auch wenn ihr Körper sie noch deutlich an den Kampf erinnerte.

Da sie eine Drachen-Gestaltwandlerin war, genau wie Michael und die anderen, war sie unsterblich. Das bedeutete zwar nicht unbedingt, dass nichts sie umbringen konnte, aber dazu würde es schon einiges brauchen, nicht nur einfache Magie oder normale menschliche Waffen. Die Wahrscheinlichkeit, dass diese jemanden in tödliche Gefahr bringen würden, waren also gering bis gar nicht vorhanden. Aber Laurel hatte nur den schwächsten Teil der Explosion abbekommen, die sie außer Gefecht gesetzt hatte, und Michael deren volle Wucht. Sie hatte ihn seitdem nicht mehr gesehen.

Laurel konnte sich kaum an den Angriff erinnern. Auch das, was geschehen war, bevor die Kämpfe begonnen hatten, war verschwommen und verzerrt, ersetzt durch ein Erlebnis aus Feuer und Chaos. Sie erinnerte sich an kurze Gesprächsfetzen aus der Unterhaltung mit Michael. Dann schloss sie die Augen und versuchte, diese Bruchstücke wieder zusammenzufügen und zu rekonstruieren, worüber genau sie gesprochen hatten.

Sie hatte den Transport begleiten wollen, um ihm zu zeigen, dass er sie immer wieder unterschätzt hatte, richtig? Und sie hatte das Gefühl, dass sie kurz vor der Explosion ... dass sie ganz kurz davor gewesen war, ihn zu überzeugen.

Warum waren sie angegriffen worden? Was war *wirklich* passiert? Troy, Evan und Liam hatten den Kampf relativ unbeschadet überstanden. Sie hatten die anderen Drachen abwehren, Michael und Laurel retten und in Sicherheit bringen können. Dann hatten sie den Transport erfolgreich beendet. Nichts war verloren gegangen, außer ein paar unwichtigen Geräten, ein paar Bäumen und Laurels Erinnerungen.

Zumindest das war eine Erleichterung. Aber sie hatte Michael seitdem nicht mehr gesehen. Sie hatte ihm ein paar Mal eine Nachricht geschickt, aber noch gezögert ihn, anzurufen, weil sie seinen Zustand nicht kannte. Befand er sich immer noch im Heilungsprozess? Schlief er? Aber je mehr Tage vergingen, desto frustrierter und besorgter wurde sie. Er ignorierte sie wieder, genau wie früher. Zumindest redete sie sich das ein, denn es war einfacher zu glauben, dass er sie ignorierte, weil er nicht reden *wollte*, als dass er so schwer verletzt wäre, dass er es nicht *konnte*.

Als sie endlich fertig war, Michaels Kalender freizu-
schaufeln, hatte Laurel kaum noch etwas zu tun. Die Arbeit
an weiteren Artefakten war unterbrochen worden und die
Abteilung richtete ihren Fokus während Michaels Abwesenheit neu aus: Sie arbeitete mit Liams Sicherheitsteam
zusammen, um herauszufinden, ob jemand dafür verantwortlich war, versehentlich den Standort des Tresors oder
InnoCells Absicht, den Charger zu verlegen, verraten hatte.
Denn der Charger war höchstwahrscheinlich der Grund für
den Angriff gewesen.

Laurel vermutete – auch ohne dass Troy oder die
anderen ihr das gesagt hätten –, dass die Claws für den
versuchten Raub verantwortlich waren. Ihre Gedanken
kehrten immer wieder zu der E-Mail zurück, in der man ihr
angeboten hatte, den Charger zu kaufen. Vielleicht war all
das ihre Schuld. Vielleicht wäre das alles nicht passiert,
wenn sie die Frage ignoriert hätte, bis der Charger sicher
verwahrt worden war. Sie hätte dieses ganze Desaster
vermeiden können.

Und jetzt hatte sie keine Ahnung, wann sie Michael
wiedersehen würde – und ob.

Sie stand wieder ganz am Anfang. Und sie war verloren
… Sie wusste tief in ihrem Herzen, dass sie so kurz davor
gewesen war, alles gerade zu richten: ihn wieder zu haben,
sich ganz zu fühlen, weiterzuleben in einer Welt, in der sie
Michael noch hatte. Doch innerhalb eines Wimpernschlags
war ihr das alles wieder genommen worden.

In den folgenden Stunden, in denen Laurel bei InnoCell
gefangen war, weil Troy sie nicht gehen ließ, bis sie das
Ausmaß der Bedrohung besser einschätzen könnten, hatte
sie den Eindruck, sie würde verrückt werden. Sie schritt
durch die gewundenen Flure der Abteilung für den Erwerb
magischer Artefakte, starrte durch die Glasfenster ihres

Büros und wusste nicht, was sie tun und wie sie ein weiteres Schlamassel vermeiden sollte.

Sie spürte, wie sie sich wieder in einer Spirale befand. Sie hatte ihre letzten Karten ausgespielt, um Michael zurückzugewinnen, und es war alles schiefgegangen. Sie hatte buchstäblich alles auf dieses Blatt gesetzt und fest daran geglaubt, dass etwas dabei herauskommen würde. Natürlich hatte sie nicht damit gerechnet, dass die Claws auftauchen, sie alle brutal angreifen und ihr Liebesleben ungewollt den Bach hinunterschicken würden.

Immer, wenn sie die Augen schloss, sah sie den weißen Lichtschein. Sie schrie sich innerlich an, sich zu bewegen, da sie jetzt, im Nachhinein, verstand, welche Gefahr er bedeutet hatte. Aber sie bewegte sich nie. Es war immer Michael gewesen, der sich bewegt und sie entsetzt angesehen hatte, als er sich zu ihrer Verteidigung auf sie gestürzt hatte, zum dritten Mal. Er war immer da gewesen, um sie zu beschützen, egal unter welchen Umständen.

Da ihr das ohne Zweifel klar war, fiel es ihr immer schwerer, zu glauben, dass Michael sie absichtlich ignorierte.

Laurel wollte sich nicht wieder in diese innere Dunkelheit treiben lassen, die Dunkelheit, die sie immer drei Tage lang im Bett gefangen hielt, wann immer etwas völlig in die Hose gegangen war. Sie hatte angefangen, für Michael zu kämpfen, und sie hatte nicht vor, jetzt aufzugeben. Das war nur ein kleines Hindernis auf ihrem Weg. Es würde sie nicht davon abhalten, ihn weiter zu beschreiten und ihr Ziel zu erreichen. Und so begann sie, den zweiten Teil ihres Vorhabens zu planen, die Wahrheit aus Michael herauszubekommen.

Eine Viertelstunde später rauschte sie in Troys Büro.

Zum Glück war er allein, obwohl er telefonierte. Sie

beide waren seit dem Angriff kaum unter sich gewesen. Er war zwar immer an ihrer Seite gewesen und war nur von ihr gewichen, wenn es absolut notwendig gewesen war, aber er hatte immer mindestens zwei von Liams Agenten dabeigehabt, die sie beschatteten ... obwohl sie im InnoCell-Gebäude in Sicherheit sein sollten.

Er hob kurz den Kopf, als sie eintrat, sprach sie aber nicht an. „Danke, Mr. Carlston", sagte er in den Hörer. „Wir sprechen uns bald wieder." Als er schließlich auflegte, faltete er die Hände auf seinem Schreibtisch und sah Laurel direkt an. In seinen Augen lag ein Hauch von Erschöpfung, die er zu verbergen versuchte. „Geht es dir gut, Laurel? Ist etwas passiert?"

„Mir geht es gut", versicherte sie, auch wenn das nur teilweise stimmte. Sie hatte immer noch das Gefühl, dass ein Teil von ihr fehlte. „Aber es sind drei Tage vergangen, seit die Claws angegriffen haben, und du hast mir immer noch nicht gesagt, was los ist. Michael ist mein Chef, Troy. Ich muss auf dem Laufenden gehalten werden, sonst kann ich meinen Job nicht richtig machen."

„Woher weißt du, dass es die Claws waren?", fragte er und klang ein wenig verärgert. „Hat es dir einer von den anderen gesagt? Ich habe ihnen gesagt, sie sollten dich nicht ..."

„Ich habe es selbst herausgefunden. Ich bin nicht dumm. Der Charger stand irgendwie mit den Claws in Verbindung, und die wollten ihn zurückhaben. Richtig?"

„Tut mir leid", seufzte Troy und drehte sich einmal in seinem Stuhl herum. „Ich sollte es besser wissen. Du bist diejenige, die die Verbindung überhaupt erst gefunden hat – selbst Michael hat sie davor übersehen."

Laurel verschränkte die Arme. „Also – willst du mir sagen, was los ist?"

„Da gibt es nicht viel zu sagen. Wir wissen nicht viel mehr als vor dem Angriff. So etwas gab es noch nie. Wir hatten in der Vergangenheit schon viele Probleme mit den Claws, aber noch nie etwas in diesem Ausmaß. Es war bisher immer verborgene, heimliche Sabotage, nie ein direkter, brutaler Angriff. Hätten wir Menschen bei uns gehabt, wären sie gestorben, keine Frage. Zum Glück lassen wir nie jemanden mitfahren, der zu schwach ist."

„Die Claws sind also langsam verzweifelt. Sie sind bereit, bis zum Äußersten zu gehen, um den Charger zu bekommen, oder zumindest zu verhindern, dass InnoCell ihn weiter behält", sagte Laurel. „Warum?"

„Das ist reine Spekulation", erwiderte Troy. „Sie haben während des Angriffs keine Hinweise auf ihr Ziel gegeben – kein Wort. Liam wird der Sache weiter nachgehen, und wir führen in der Zwischenzeit eine interne Recherche und Umstrukturierung durch. Das wird Richter zumindest etwas zu tun geben. Mehr können wir nicht machen, bis wir mehr Informationen haben, und es ist nicht deine Aufgabe, dich darum zu kümmern."

Laurel atmete tief durch. Sie wussten wirklich nichts, aber sie vertraute darauf, dass ihr Bruder und die anderen es herausfinden würden. Das hier war ihre Lebensgrundlage und ihre Arbeit, und sie vertraute darauf, dass sie der Sache auf den Grund gehen würden, auch wenn sie momentan auch etwas Angst hatte. Das Wichtigste war jetzt, dass alle in Sicherheit waren.

„Dann werde ich versuchen, mir keine Gedanken darüber zu machen", sagte sie. „Aber was ist mit Michael?"

„Was mit ihm ist?", wiederholte Troy. Er trug eine sorgfältig konstruierte Maske, eine, die er immer trug, wenn er etwas Wichtiges vor ihr verbergen wollte.

„Was soll das heißen, ‚was mit ihm ist'? Er ist mein Chef

und ich habe keine Ahnung, wo er ist, was er tut oder ob er nach dem Angriff überhaupt noch lebt?" Laurel wurde emotionaler, je mehr Worte aus ihrem Mund purzelten. „Du weißt, dass er mir das Leben gerettet hat, oder?" Ihre Stimme versagte.

„Du hättest nicht dort sein dürfen", sagte Troy. „Ich habe dir gesagt, es ist gefährlich."

„Ich habe mich gut geschlagen. Aber das ist nicht das Thema dieser Diskussion. Ich will wissen, was mit Michael los ist. Ist er immer noch verletzt? Warum willst du es mir nicht sagen?"

Troys Gesichtsausdruck wurde weicher, als ob er sich gerade an alles erinnerte, was bisher zwischen Laurel und Michael passiert war. „Laurel, wir sind unsterblich. So eine Explosion ist zwar schmerzhaft, aber keine ernsthafte Gefahr für ihn."

Laurel entspannte sich ein wenig. „Also ist er in Sicherheit und wieder gesund?"

„Er sollte inzwischen vollständig geheilt sein, ja. Aber der Vorfall hat ihn erschüttert. Deshalb nimmt er sich eine Auszeit."

Es dauerte ein paar Augenblicke, bis sie diese Information verinnerlicht hatte. Zuerst spürte sie Erleichterung, weil sie wusste, dass es Michael gut ging, dass er nicht keine bleibenden Verletzungen erlitten hatte. Aber es machte ihr auch etwas klar: Er ignorierte sie doch noch weiterhin.

„Nein. Du lügst", sagte Laurel, denn sie wollte es nicht wahrhaben. Das konnte doch nicht schon wieder passieren.

War er wütend, dass er ihretwegen verletzt worden war? Dachte er, sie würde ihm nur Ärger bereiten, und wollte er sie deswegen nicht wiedersehen? All diese Fragen zogen sie in einen emotionalen Strudel, und sie ließ sich in den Ledersessel vor Troys Schreibtisch fallen.

Troy runzelte die Stirn. „Ich dachte, du wärst froh zu wissen, dass es ihm gut geht."

„Natürlich bin ich das. Aber er redet immer noch nicht mit mir. Seit dem Angriff ist er völlig stumm. Ich habe ihn angeschrieben, aber er hat nicht reagiert." Laurel sprach nun wieder hektisch, auch wenn sie versuchte, ihre Angst hinunterzuschlucken. „Es ist genau wie früher, Troy. Alles wiederholt sich, und ich kann nicht ..."

„Gib ihm einfach etwas Zeit, Laurel", unterbrach Troy sanft ihre Tirade.

Sie hielt inne und betrachtete ihren Bruder noch einmal aus einer anderen Perspektive. Da war immer noch diese leichte Erschöpfung in seinen Augen, aber auch Resignation.

„Du wusstest es", flüsterte sie. „Du wusstest, dass das passieren würde, dass er vorhatte, mir wieder aus dem Weg zu gehen."

„Er will dich weder sehen noch mit dir reden, Laurel."

„Warum?"

„Woher soll ich das wissen? Michael war schon immer so. Ich versuche nicht mehr, ihn zu verstehen. Ich akzeptiere einfach, wer er ist, und mache mit. Auf diese Weise ist unsere Freundschaft weniger kompliziert, und es hat bisher für uns beide funktioniert", erwiderte Troy. „Es tut mir leid, Laurel. Tut es wirklich. Ich wollte nicht, dass du in so etwas hineingezogen wirst."

Eiseskälte machte sich in Laurel breit, und die innere Leere, die sie in Michaels Abwesenheit immer spürte, wurde größer und erfüllte sie fast vollständig. Ihre Lippen zitterten, und sie versuchte, die Leere zurückzudrängen. Sie wollte nicht zulassen, dass sie sich ihrer bemächtigte. Aber sie war sich nicht sicher, ob sie das schaffen würde. Sie brauchte Michael. Sie würde sich nicht mit weniger zufrie-

dengeben als mit einem sauberen Schnitt nach einem
klärenden Gespräch. Wenigstens das war er ihr schuldig.

„Für wie lange?", flüsterte Laurel. „Wie lange wird er
weg sein?"

Troy seufzte und verschränkte die Finger: „Er hat
gedroht, die Firma zu verlassen, wenn Danny ihm keinen
unbefristeten Urlaub gewährt. Er wird zumindest für eine
Weile weg sein und bis auf Weiteres von zu Hause aus arbeiten. Mindestens ein paar Monate, glauben wir. Vielleicht
auch Jahre. Ich weiß es wirklich nicht."

Laurel stand auf. „Nur wegen dem hier? Um mir wieder
aus dem Weg zu gehen? Nein. Ich werde das nicht zulassen.
Ich werde nicht zulassen, dass er das tut. Diesmal bin nicht
nur ich es, die er verletzt."

„Laurel, er ist nicht im Gebäude. Du kannst nicht …"

„Willst du mich wirklich davon abhalten, deinen Trottel
von einem Manager davon abzubringen, sich wie ein Teenager in der Highschool zu verhalten, der blaumacht, weil er
nicht im gleichen Zimmer mit jemandem sein will, den er
hasst? Wir sind jetzt erwachsen, Troy, und Michael kommt
mit so einem Verhalten nicht durch. Ich verlasse das Inno-
Cell-Gebäude jetzt, und es gibt nichts, was du tun kannst,
um mich aufzuhalten. Ich werde meine Drachin raus-
hängen lassen, wenn du es auch nur versuchst, und ich
glaube nicht, dass du dann auch noch *diesen* Dreck
aufräumen willst."

Ein dunkler Schatten erschien auf Troys Gesicht. Er
schwieg und ließ ihre Worte auf sich wirken. „Gut, du
kannst gehen. Aber ich schicke Liams …"

„Ich gehe zu Michaels Haus, nicht in meine Wohnung.
Ich brauche deine Babysitter nicht. Sobald ich ihm die
Meinung gesagt habe, komme ich zurück." Etwas sanfter
fügte sie hinzu: „Ich verspreche es."

13

MICHAEL

Michaels Haus stand auf einem der größten Grundstücke in Blackfall und lag am nördlichen Rand der Stadtgrenze, wo es nur wenige Menschen und noch weniger weitere Häuser gab. Er besaß über tausend Hektar Land, und sein Grundstück war mit Schutzwällen umgeben, die Eindringlinge abwehren sollten – sowohl solche, die absichtlich einbrechen wollten, als auch zufällige Wanderer.

Es war ein kleines, privates Paradies, ausgestattet mit allen modernen Annehmlichkeiten, die Michael jemals benötigen könnte. Gerade lehnte er sich über den Balkon seines dreistöckigen Hauses und starrte hinaus auf die im Wind wehenden Blätter des blauen Eukalyptusbaums in der Ferne. Die Aussicht erinnerte ihn an die Zeit mit Laurel auf der geheimen Wiese, und er seufzte schwer.

Obwohl Michael um mindestens zwei Wochen gebeten hatte, in denen er sich von dem Schock des Angriffs würde erholen können – sowohl körperlich als auch geistig –, war er nach zwei Tagen Schlaf wiederhergestellt. Es waren nicht

„Also gut, tu, was du tun musst. Aber Laurel ... Sag mir hinterher nicht, ich hätte dich nicht gewarnt."

Laurel stürmte aus seinem Büro, ohne auch nur ansatzweise zu realisieren, wie ominös seine Aussage gewesen war. Sie war zu sehr darauf konzentriert, sich zu überlegen, was in aller Welt sie Michael sagen sollte, um ihn davon zu überzeugen, dass er viel zu übertrieben reagierte, um ihr aus dem Weg zu gehen.

Und was sie sagen könnte, um ihn zu überzeugen, dass das gar nicht nötig war. Dass sie ihn auf eine Weise brauchte, die sie nicht beschreiben konnte.

Ihre Drachin erwachte in ihr, immer noch erschöpft von dem Kampf, aber genauso entschlossen wie sie, Michael zu zeigen, dass er einen Fehler machte. Und doch konnte Laurel die Befürchtung nicht abschütteln, dass er der Meinung war, er hätte nie mit ihr schlafen dürfen.

Als sie InnoCell verließ und sich auf den Weg zu seinem Haus machte – auf seine Adresse hatte sie als seine Assistentin Zugriff –, klammerte sie sich an all die Beweise, die er ihr geliefert hatte und die ihr das Gegenteil davon bewiesen, und ließ sich von ihrem Herzen zu ihm führen.

die Nachwirkungen des Kampfes gewesen, die ihn veranlasst hatten, sich von seiner Arbeit zurückzuziehen. Tatsächlich hatte dieser Angriff der Claws dazu geführt, dass ihm seine Tätigkeit mehr Freude bereitete. Er hatte ihn geerdet und ihm ein Ziel sowie gute Gründe gegeben, warum seine Arbeit wichtig war: Er musste verhindern, dass weitere gefährliche Artefakte in die Hände der Claws-Organisation gerieten.

Der eigentliche Grund, warum er trotz seiner wachsenden Begeisterung und der Notwendigkeit, weiterzuarbeiten, zu Hause blieb, war Laurel.

Da war immer etwas zwischen ihnen gewesen. Er sah es jetzt, so klar, offensichtlich und beständig wie die Nachmittagssonne am Himmel. Es war einfach immer eine Tatsache für ihn und Laurel gewesen, so offensichtlich, dass sie es beide am Ende völlig übersehen hatten. Es war sogar so offensichtlich, dass es ihn sowohl erschreckte als auch erregte.

Er schämte sich fast dafür, dass er sich seiner Angst hingegeben hatte, statt seinem Verlangen nach Laurel. Sein Drache war auch nicht gerade erfreut von der erneuten Trennung. Aber Michael dachte immer noch, dass es das Beste war – auch wenn es körperlich schmerzte, die Wahrheit seiner Gefühle ihr gegenüber zuzugeben – sich von ihr fernzuhalten. Wenn überhaupt, war der Angriff der Claws der Beweis dafür, dass es zu gefährlich für sie war, zusammen zu sein. Sie hatte wegen ihm bereits Leid erfahren, und er würde nicht zulassen, dass das noch einmal geschah.

Denn Michael wusste jetzt, dass er Laurel liebte. Das war der Name für das warme, belebende Gefühl, das er empfand, wenn sie in seiner Nähe war. Und für die alles

durchdringende Angst, die er während des Angriffs der
Claws gespürt hatte, die Sehnsucht, die er jeden Augenblick
jedes Tages nach ihr verspürte. Er liebte sie nicht nur mehr
als sich selbst oder alles andere auf der Welt ... Sie war seine
Gefährtin.

Michael konnte zu keinem anderen Schluss kommen.

Sie war seine Gefährtin, die fehlende Hälfte seiner
Seele, und er konnte sie nicht haben, egal wie sehr er sie
wollte. Wenn er Amerika verlassen müsste, nur um von ihr
fernzubleiben und sie nie wieder zu verletzen, würde er es
ohne zu zögern tun. Denn sie ganz zu verlieren wäre viel
schlimmer, als von ihr getrennt zu bleiben. Wenn es sein
müsste, würde er es tun. Ohne irgendwelche Erklärungen.

Er hasste es, ihr das noch einmal anzutun.

Und sein Drache hasste ihn wahrscheinlich noch mehr.

Allein der Gedanke an sie sandte Eissplitter seiner
Magie durch Michaels Körper. Das war die Art seines
Drachen, ihm zu zeigen, dass er seine Entscheidung miss-
billigte. Aber Michael wusste nicht, was er sonst tun sollte.
War es überhaupt möglich, Laurel zu haben und sie nicht
wieder in Gefahr zu bringen? Sie müsste eigentlich Blackfall
und InnoCell komplett verlassen und ein völlig anderes
Leben zu führen, getrennt von der magischen Gemeinschaft. Er hoffte nur, dass sie das tun würde, anstatt es für
sie beide noch schwieriger zu machen. Aber wie er Laurel
kannte, würde das Wunschdenken bleiben.

Michael verließ den Balkon und betrat sein Büro. Dabei
schloss er die Schiebetür hinter sich. Er setzte sich an
seinen großen Ebenholz-Schreibtisch, klappte den Laptop
auf und überprüfte zum ersten Mal seit dem Angriff der
Claws seinen Arbeitsplan. Natürlich hatte Laurel, wie
gewünscht, alle Termine für die nächsten zwei Wochen
abgesagt.

Er hatte im Moment keine Verpflichtungen, und doch sehnte er sich nach einer Ablenkung, und sei es nur, um sich davon abzuhalten, an sie zu denken. Es gab einige Projekte, die er in den vergangenen Monaten aufgeschoben hatte und die er nun, da er mehr Zeit hatte, wieder in Angriff nehmen wollte. Vielleicht wäre jetzt ein guter Zeitpunkt dafür.

Sein Handy fing an zu klingeln. Der unverkennbare Ton, der ihn unaufhörlich belästigte, seit er zugestimmt hatte, eine persönliche Assistentin einzustellen. Laurel.

Er ließ es klingeln und versuchte, seine Arbeit fortzusetzen, indem er längst vergessene Akten hervorkramte. Und schließlich ging die Mailbox ran. Aber dann klingelte es erneut.

Michael biss sich auf die Unterlippe und starrte immer wieder auf sein Handy. Er wollte unbedingt rangehen, Laurels Drängen nachgeben und mit ihr reden. Aber er wusste, dass er das nicht konnte. Vielleicht sollte er sie blockieren oder zumindest sein Handy stumm schalten, denn zu wissen, dass er ihre Stimme mit einem Tastendruck würde hören können, war reinste Folter. Stattdessen betrachtete er die Vibration des Anrufs durch seinen Schreibtisch hindurch, die ihn in seiner Konzentration störte, als Strafe dafür, dass er sie schon wieder verletzt hatte.

Dieses Mal rief sie nur zweimal an und machte sich nicht die Mühe, mit einer weiteren Nachricht nachzuhaken.

„Es tut mir leid, Laurel", murmelte Michael vor sich hin und ging wieder an die Arbeit.

Zehn Minuten später, als Michael seine Schuldgefühle endlich soweit ignorieren konnte, dass er eine gewisse Arbeitsroutine erreichen konnte, läutete der Summer an seinem Eingangstor. Michael hielt bei diesem Geräusch inne. Er erwartete keinen Besuch – wenn er Laurel nicht sehen konnte, wollte er überhaupt niemanden sehen –, und die einzigen anderen Leute, die sich momentan auf dem Grundstück befinden sollten, waren der Landschaftsarchitekt und der Gärtner. Hatte Robert wieder seinen Schlüssel vergessen?

Michael rief die seine Überwachungskamera auf seinem Laptop auf. Das Bild zeigte Laurel, mit verschränkten Armen, wie sie in die Kamera schaute. Sie trug ein tiefblaues Kleid mit faltigem Rock, das ganz anders aussah als ihre übliche Kleidung. Er starrte entsetzt auf seinen Bildschirm und sah zu, wie sie einige Minuten lang einfach nur dastand und auf eine Antwort von ihm wartete. Sein Herz begann zu rasen, als ihm klar wurde, dass sie nicht weggehen würde.

Nach fünf Minuten drückte sie erneut auf die Klingel und sprach ins Mikrofon: „Ich weiß, dass du mich sehen kannst, Michael."

Er war sich nicht sicher, woher sie es wusste, nur dass sich etwas in ihm regte. Sie schaute in die Kamera, als würde sie ihm in die Seele blicken und seine Lügen durchschauen.

Michael bedeckte sein Gesicht, unfähig, auf diesen anklagenden Blick zu reagieren.

„Öffne das Tor, Michael", sagte sie. Ihre Stimme war leise. Zu leise, als wäre sie kurz davor einzubrechen und sich in ein Gewitter zu verwandeln. „Ich werde nicht gehen. Du kannst mich nicht zwingen. Ich bleibe die ganze Nacht hier stehen, wenn es sein muss." Nachdem er weiterhin keine Reaktion zeigte, drehte sie sich um und schaute auf das Feld, das an sein Grundstück grenzte. „Ich wette, du siehst hier draußen Braunbären und Kojoten, so weit weg von der Stadt. Vielleicht mache ich eine kleine Wanderung und sage Hallo."

Sie war unsterblich, wie er. Der Angriff eines wilden Tieres würde sie nicht umbringen, aber es könnte ihr Schmerzen zufügen. Bluffte sie, weil sie wusste, dass er sich die nächsten Stunden vor Sorge grämen würde, bis er wieder von ihr hörte?

Laurel setzte sich in Bewegung, nicht in Richtung ihres Autos, sondern in Richtung der Wiese neben der Straße.

Michael aktivierte das Mikrofon. „Bitte tu das nicht, Laurel. Ich will nicht, dass du wieder verletzt wirst."

„Das hast du schon oft gesagt. Du willst mir nicht wehtun und bewahrst mich deshalb vor jeglichem körperlichen Schaden. Ein perverser Mann in einer Bar, ein Angriff einer anderen Drachenbande. Und doch sind mir diese Arten von Verletzungen im Großen und Ganzen egal." Laurel wandte sich wieder der Kamera zu, und es war es fast so, als stünden sie sich von Angesicht zu Angesicht gegenüber. „Es ist der Schmerz, der im Inneren verursacht wird, der *wirklich* wehtut. Das musst du doch inzwischen erkannt haben, Michael."

Er wusste, dass es stimmte. Er wusste, dass er sie verletzte. Wenn es schon ihm unerträgliche Pein bereitete, auch wenn er wusste, dass es das Beste für sie war, so musste es für sie noch schlimmer sein. Sie waren Gefährten, und sie wusste es nicht. Wahrscheinlich war es der Schmerz und die Verzweiflung, all das zu verstehen, gewesen, die sie gegen alle Regeln der Vernunft hierhergetrieben hatten, um nach Antworten zu suchen.

Es bereitete Michael unendliche Qualen, sie abweisen zu müssen. Aber vielleicht würde er es ihr wenigstens verständlich machen können.

„Ich verstehe, dass ich dich mehr verletzt habe, als mir

wahrscheinlich bewusst ist", sagte er, „aber das ist das Beste für uns beide, Laurel. Du musst gehen. Du musst über das hinwegkommen, was du zu fühlen glaubst ..."

„Blödsinn!", schrie Laurel. „Du redest so, als ob ich dir egal wäre, als ob ich dir nie etwas bedeutet hätte. Aber ich weiß, dass das nicht wahr ist! Ich weiß, dass du dir Sorgen machst, auch wenn du es dir selbst oder mir gegenüber nicht zugeben willst. Hör auf, uns beide anzulügen! Du lässt uns beide grundlos leiden. Siehst du das denn nicht? Michael ..." Ihre Stimme versagte, als sie seinen Namen ausgesprochen hatte, und er merkte, dass sie weinte.

Michael hatte das Gefühl, sein Herz würde erneut brechen. Er musste sie ganz weit weg von sich schieben, bevor es für sie beide zu spät sein würde. Ein paar Sekunden lang beschwor er die Eiseskälte herauf, die immer noch in ihm verweilte, und zog sie wie einen schützenden Mantel über ihn und seine Gefühle. Alles, was er zu sagen hatte, war: *Ich habe dich scheinbar in die Irre geführt. Da war nie etwas zwischen uns. Du solltest gehen.* Und doch konnte er eine so gewaltige Lüge nicht zu Ende denken. Er konnte noch nicht einmal die Worte richtig formulieren, geschweige denn sie aussprechen; sein Drache ließ das nicht zu.

„Es ist zu deinem eigenen Besten", brachte er stattdessen heraus.

„Nein, ist es nicht! Ich darf entscheiden, was gut für mich ist und was nicht. Wann wirst du begreifen, dass ich selbst für meine Entscheidungen und Wünsche verantwortlich bin, nicht du oder irgendjemand anders? Ich, und nur ich allein." Sie schniefte, und ihre Stimme wurde leiser. „Ich habe schon vor langer Zeit entschieden, was ich will, Michael. Wenn du nur ein einziges Mal aufhören würdest, darüber nachzudenken, was ich deiner Meinung nach wollen sollte, sondern sehen würdest, was ich tatsächlich will, hättest du es schon vor langer Zeit erkannt."

Das gesamte Universum hielt den Atem an. Eine Eiseskälte strömte aus Michaels Fingern und Reif bedeckte die Sprechanlage. Als Laurel nicht weitersprach, war er zunächst verwirrt. Allerdings nur, bis ihm klar wurde, dass er versehentlich die Zeit verlangsamt hatte. Er atmete langsam wieder aus, unregelmäßig und voller Erwartung, was sie als Nächstes sagen würde.

„Ich liebe dich, Michael", flüsterte sie, beinahe zu leise, als dass es vom Sicherheitssystem erfasst werden könnte. „Hör auf, mich wegzustoßen. Nichts von dem, was du tust, kann etwas daran ändern, was ich fühle. Du machst es nur viel schwerer erträglich für mich ..." Sie holte tief Luft, bevor sie fortfuhr. „Ich verstehe es, wenn du nicht genauso fühlst wie ich. Aber bitte ... hör auf, mir das anzutun. Alles, was ich will, ist, dass du mir ins Gesicht sagst, dass du nicht dasselbe empfindest. Ich muss einen Schlussstrich ziehen, Michael, und kann keine weiteren Spielchen mehr spielen. Das bist du mir schuldig."

Laurel wischte sich über die Augen und Wangen. Michael war sprachlos.

Sie hatte zugegeben, dass sie ihn liebte, eine Möglichkeit, die Michael nie gewagt hatte, in Betracht zu ziehen. Aber war er nicht ein blinder Narr gewesen, dass er es nicht selbst bemerkt hatte? Die Art und Weise, wie sie auf ihn reagierte; wie sehr sie sich bemühte, dass sie miteinander redeten, nachdem er sich zurückgezogen hatte, da er sich sicher gewesen war, dass sie nicht dasselbe für ihn empfand wie er für sie.

Der Kokon aus Eis verhinderte, dass er innerlich zerbrach, aber er schaffte es immerhin, den Knopf zu

drücken, um das Tor zu öffnen, von seinem Stuhl aufzu-
stehen und ihr entgegenzugehen.

Er wartete am oberen Ende der Treppe mit Blick auf den
offenen Empfangsbereich seiner Villa, wo der gläserne
Drache, der seine Eingangstür zierte, mit rubinroten Augen
zu ihm hinaufschaute. Mit jeder Sekunde, die er auf Laurel
wartete, wuchs die Beklemmung in ihm, und als ihr
Schatten hinter der Glasscheibe der Tür auftauchte, zog
sich seine Brust so fest zusammen, dass er dachte, er würde
ersticken.

Und als sie die Tür öffnete, blickte sie ihn direkt an. Der
Schmerz stand ihr ins Gesicht geschrieben. Er sah die
Schatten unter ihren Augen, die Stumpfheit auf ihrem Haar,
der harte Stoff ihres Kleides. Es war nicht nur der Angriff
der Claws, der auf ihr lastete, sondern auch Michael. Er
erkannte das jetzt.

Sie blieb an der Eingangstür stehen und zögerte, weiter-
zugehen, aber Michael begann langsam, die Treppe hinun-
terzusteigen. Mit jedem Schritt knackte eine Eisschicht in
ihm weg. Dieses Mal, als die Schichten schmolzen, wusste
er, dass sie für immer verschwinden würden. Denn Laurel
war hier, und egal, was er sich vorher einzureden versucht
hatte, er konnte sie jetzt nicht wieder gehen lassen. Denn er
sah, dass sich sein Schmerz in ihrem Gesicht widerspiegelte.

Laurel wischte sich die Tränen weg. Eine zarte Welle
warmer Magie entströmte ihr, voller Verzweiflung und
Schmerz, und traf Michael mitten in der Brust. Sie zerrte an
seinen Begierden; Begierden, die er zu lange weggesperrt
hatte.

„Ich habe auch nie gewollt, dass jemand wegen mir
verletzt wird. Geschweige denn du", sagte Laurel. „Ich hätte
nicht mit dir und den anderen zu dem Artefaktenbunker
fahren dürfen. Ich war einfach aufgebracht und habe nicht

nachgedacht. Es bringt mich um, wenn ich daran denke, dass es viel schlimmer hätte enden können."

„Es ist nicht deine Schuld", erwiderte Michael. Er stieg immer noch die Treppe hinunter, wie an unsichtbaren Fäden zu ihr hingezogen. „Wir alle sind verantwortlich für das, was an diesem Tag passiert ist. Als wir von der Verbindung der Claws zum Charger erfahren haben, hätten wir zusätzliche Vorsichtsmaßnahmen treffen müssen. Wenn überhaupt, dann ist es *meine* Schuld, dass du durch meine Nachlässigkeit verletzt worden bist. Denkst du nicht, dass das auch auf mir lastet? Ich bin nur froh, dass ich bei dir war, dass ich dich vor Schlimmerem habe bewahren können."

„Das verstehe ich nicht", sagte sie. „Warum hast du mich beschützt, wenn du mich nie wiedersehen willst?"

Michael erreichte das Erdgeschoss und begann, den Raum zu durchqueren. Er streckte die Hand aus, um ihr Gesicht in seine Hände zu nehmen. Sie versteifte sich bei seiner Berührung und sah ihn nicht an. „Ich habe dich beschützt", antwortete er und hob ihren Kopf an, damit er ihr in die Augen sehen konnte, „weil ich dich auch liebe. Und wenn es eine Sache gibt, die ich *nicht* bereue, dann ist es, dich in Sicherheit gebracht zu haben."

Laurel sah ihn verwirrt an, und eine Stille breitete sich um sie aus und hielt sie fest, während ihnen beiden alles klar wurde: Sie hatten sich immer geliebt.

„Michael ...", sagte Laurel, fand aber keine Worte mehr. Und als sie erneut zu sprechen anhob, brachte Michael sie zum Schweigen, indem er etwas tat, das eine viel deutlichere Sprache sprach als alles, was einer von ihnen hätte sagen können: Er küsste sie.

Das letzte Eis in ihm schmolz dank ihrer Wärme dahin, und er wurde neu geboren. Ein Michael, der nur für Laurel gemacht worden war, nicht für die Welt, vor der sie sich versteckten. Ihre Lippen waren weich und zögerlich auf seinen, als ob auch sie dachte, sie würde träumen. Aber er war fest entschlossen, ihr zu zeigen, dass all das real war; dass das, was sie verband, immer real gewesen war.

Er neigte ihren Kopf zurück und küsste sie leidenschaftlicher. Und als sie nicht mehr atmen konnten, trennten sich ihre Münder. Michael legte die Arme um ihre Taille, um sie fest an sich zu drücken. Ihr Körper schmiegte sich an seinen, und während sich ihre keuchenden Atemzüge miteinander vermischten, erwachte in seinen Händen das Bedürfnis, ihre nackte Haut wieder an seiner zu spüren.

„Du bedeutest mir mehr, als ich jemals mit Worten ausdrücken könnte", flüsterte Michael gegen ihre Lippen, seine Stirn an ihre gepresst. „Es gibt niemand anderen als dich. Es gab immer nur dich."

Laurel sog die Luft ein und schlang dann ihre Arme um Michaels Hals. Diesmal küsste sie ihn, verzweifelter denn je. Ihre Lippen bewegten sich schnell, eine Verschmelzung von heiß und kalt, ein Kampf zwischen Feuer und Eis, und Laurels leidenschaftliche Flammen gewannen. Wärme breitete sich in Michael aus und füllte ihn völlig aus. Er verlor sich in dem Empfinden, sie hier bei sich zu haben.

„Ich habe mein ganzes Leben darauf gewartet, dich das sagen zu hören", sagte Laurel zwischen ihren Küssen.

Ein leises Knurren drang aus seiner Kehle, und er biss ihr auf die Unterlippe. Sie keuchte, und er hob sie hoch. Ihre Münder begegneten sich in atemlosen Stößen, während er die Treppe zum Hauptschlafzimmer hinaufstieg. Laurels Hände zitterten, als sie begann, sein Hemd aufzuknöpfen, und als er sie auf die azurblauen, seidenen Laken seines Bettes legte, hatte sie es komplett aufgemacht.

Er ließ es von seinen Schultern auf den Boden fallen

und beugte sich über sie aufs Bett. Dabei drückte er ihre Schenkel gegen seinen Schritt. Ihre Lippen trafen sich wieder, und ihre Zungen tanzten einen wilden, unbezähmbaren Reigen miteinander. Michael wollte nie wieder aufhören, sie zu küssen, sie zu berühren – nie wieder. Jeden Tag, für den Rest seines Lebens – oder so lange, wie sie ihn haben wollte – würde er sie anbeten.

Er küsste ihre Wange und ihr Kinn, drückte ihren Kopf zurück, um seine Lippen auf ihren Hals zu pressen, in die Mulde ihrer Kehle, und erfreute sich an jedem Zittern und Keuchen, das sie ausstieß. Laurels Hände wanderten über seinen nackten Rücken und ihre Nägel gruben sich in seine Haut, wann immer sie sich unter seiner Berührung krümmte. Ihre Finger waren wie Feuerfäden auf seiner Haut und schürten sein brennendes Verlangen nach ihr. Michael wusste nicht, ob er es jemals würde wiedergutmachen können, dass er sie so oft weggestoßen hatte, aber genau jetzt und hier würde er damit anfangen.

Die dünnen Träger ihres Kleides glitten nach einem leichten Schubser durch Michaels Finger über ihre Schultern, und er schob den rauen Stoff mit seinem Kinn an ihrer Brust hinunter. Er begleitete die Bewegung mit seinen Küssen und begann zwischen ihren Brüsten, dann auf ihnen, dann fuhr er mit ihren Brustwarzen fort. Er nahm eine in den Mund, saugte leicht daran und wirbelte im Takt ihres Stöhnens seine Zunge herum.

„Oh, Michael ...", keuchte Laurel und wölbte ihren Rücken, um ihre Brüste gegen sein Gesicht zu drücken.

Er hätte im Klang ihrer Stimme ertrinken können, ohne es zu merken. Eine harte Beule hatte sich zwischen seinen Beinen gebildet und wollte befreit werden. Aber Michael hatte unzählige Stunden damit verbracht sich vorzustellen, was er mit Laurel tun würde, wenn er sie

jemals wieder so würde haben können, und er hatte nicht
vor, etwas zu überstürzen. Nein, er wollte ihre Musik
auskosten, ihren Geschmack, das Gefühl von ihr. Beide
ihrer Brustwarzen waren hart, und er küsste und liebkoste
sie weiter.

Michael schob ihr Kleid bis zu ihren Hüften herunter,
und mit seiner Zunge fuhr er von ihren Brüsten ihren
Bauch entlang. Ihr Zittern wurde immer heftiger, je weiter
er nach unten kam. Er wurde langsamer, reizte sie mit
Saugen und Küssen und Knabbern, die sie vor Erwartung
erbeben ließen. Alles an ihr, ihr Stöhnen, ihre Bewegungen,
ihr Duft, elektrisierte ihn und trieb ihn an.

Er umfasste ihre Oberschenkel, damit sie sich nicht zu
sehr bewegte, stieß seine Hüften nach vorne und drückte
seinen noch gefangenen Schwanz gegen ihre unter ihrem
Slip verborgene Wölbung. Trotz der Stoffschichten
zwischen ihnen stöhnte Michael vor Lust, erregt von der
Aussicht, was ihn erwarten würde.

Als Nächstes zog er ihr das Kleid ganz aus und spreizte
dann ihre Beine. Er tauchte dazwischen ein und küsste ihr
schlichtes Baumwollhöschen. Sie stieß einen scharfen
Atemzug aus, doch bevor sie das erste Lustgefühl verar-
beiten konnte, hatte Michael den Stoff bereits beiseite
geschoben, und seine Zunge tauchte zwischen ihre
Schamlippen.

Laurel keuchte, aber sie war nicht in der Lage, den Laut
zu vollenden, sondern er verwandelte sich in ein ersticktes
Stöhnen. Er leckte an ihrer feuchten Blüte, kostete alles von
ihr, beanspruchte jeden Teil von ihr für sich. Jeder Laut, den
sie von sich gab, trieb Michael an. Der Klang ihrer Lust ließ
ihn vor Befriedigung aufflammen. Sie rutschte näher an den
Rand des Bettes, hob ihre Hüften, um sich fester an sein
Gesicht zu drücken, und schlang die Beine um seinen Hals,

damit er sich nicht entfernen konnte. Aber das hatte er nicht vor.

Er fuhr leicht mit der Zunge über ihre Klitoris, und sie rollte sich zu einem Ball um ihn herum zusammen. „Mehr", flüsterte sie.

Sie war bereits kurz davor zu kommen, das merkte Michael daran, wie sie ihn mit aller Kraft an sich drückte, bebte und sich gegen ihn stemmte. Er schob seine gesamte Zunge in sie hinein und drehte sie in schnellen Bewegungen. Sie drückte sich noch fester an ihn, bewegte ihre Hüften hin und her. Als er wieder an Fahrt aufnahm, schrie Laurel schließlich laut auf. Sie krallte die Fingernägel in die Bettlaken, und mit einem Mal löste sich die Spannung in ihren Armen und Beinen, und sie sackte auf das Bett und ergoss sich in Michaels Mund.

Er küsste ihre Vulva ein letztes Mal, langsam und sanft, und löste ihre Beine von seinem Hals. Mit geschickter Hand öffnete er seinen Gürtel und zog seine Hose aus. Dann beugte er sich über sie und legte seinen Schwanz zwischen ihre Beine. Dort ruhte er zunächst, während er sie an sich zog, um sie erneut zu küssen. Sie keuchte, und ihre Küsse waren unkoordiniert und gierig, als sie sich von Michaels Bemühungen erholte.

Trotz ihrer Erschöpfung drückte sie ihre Hüften gegen sein Gemächt und erbebte, wenn es an ihrer empfindlichen Klitoris rieb.

Michael küsste Laurels Hals. „Das ist es doch, was du wolltest, oder?", sagte er. „Du gehörst jetzt mir."

„Ja", hauchte sie. „Oh Gott, ja." Sanft fuhr sie mit den Fingern an den ausgeprägten Muskeln von Michaels Armen und Brust entlang, und ihre zarte Berührung brachte ihn dazu, sie nehmen zu wollen. „Ich gehöre dir. Ganz und gar."

Michael glitt in sie hinein, mit nur einer sanften Bewegung seiner Hüften, und zusammen segelten sie dem Paradies entgegen. Ein Stöhnen drang aus seinem Inneren, und er stieß ganz in sie hinein und warf den Kopf zurück, überwältigt von der Empfindung, die sie in ihm hervorrief. Heiße Wellen der Lust durchfuhren sie beide, als er sie ganz erfüllte und sie sich an ihn schmiegte. Sie waren wie füreinander geschaffen.

Laurel hatte sich schneller wieder gefasst als Michael, und sie wiegte bereits ihre Hüften gegen seine, als er sich nach unten beugte, um sie erneut zu küssen. Zuerst bewegte er sich langsam, genoss einfach nur den Aufbau der elektrisierenden, heißen Energie zwischen ihnen, ihren gemeinsamen Atem und ihr Stöhnen sowie ihre Lust. Es war fast zu viel, hier bei ihr zu sein und zu wissen, dass sie nie wieder getrennt sein würden. Dass sie endlich, nach allem, was sie durchgemacht hatten, zusammen sein konnten.

„Ich liebe dich", flüsterte Michael gegen ihre Lippen.

Laurel gab einen Laut der Freude von sich, unfähig, inmitten ihres Liebesspiels Worte zu finden. Sie stieß ihre Hüften gegen ihn, härter, und Michael wurde schneller, angetrieben von ihrem Stöhnen und Keuchen. Zusammen entfesselten sie die Essenz ihrer körperlichen Begierden, die Verbindung zwischen ihnen zog sie aneinander und umwickelte sie wie eine Feder, bis sie schließlich explodierten.

Ihre Liebe füreinander durchströmte sie in Wellen aus Feuer, und Michael legte sein Gesicht in Laurels Halsbeuge und stöhnte. Er schlang die Arme um sie, während er sich auf sie herabsenkte, sie festhielt und nicht mehr loslassen wollte. Sie atmete schnell und unkoordiniert in sein Ohr, zitterte und bebte, und ihre Nägel stießen in seinen Rücken wie kleine Rasierklingen. Und schließlich fing sie sich wieder und kehrte in ihren Körper zurück.

„Ich liebe dich auch", sagte sie.

Michael küsste sie erneut, aber diesmal viel sanfter; eine Berührung aus Hingabe, nicht aus Verlangen. Er legte sie sanft auf die Kissen und ihren Kopf auf seine Brust. Dann streichelte er ihre Schulter, bis sie beide langsam eingeschlafen waren, inmitten des zarten Aufkeimens einer neuen, gemeinsamen Zukunft.

14

LAUREL

Laurel hatte in ihrem Leben noch nie so gut geschlafen, und wenn sie nicht durch Michaels schlafendes Gesicht aufgewacht wäre, wäre es vielleicht eine Schande gewesen, so früh aufzuwachen. Aber als sie mit ihren verschlafenen Augen blinzelte, um ihn dort zu sehen, sein silbriges Haar ein krauses Durcheinander von den Laken, sein makelloses Gesicht im Schlaf eingefangen, war sie froh, aufzuwachen und ihn einfach anzustarren.

Anders als beim letzten Mal wusste Laurel, dass dies kein Traum war. Sie fühlte sich, als würde sie doppelt auf Wolke sieben schweben, nach viel Leid, Schmerz und Mühen. Aber jetzt, wo sie und Michael zusammen waren, würde sie sich das nie wieder wegnehmen lassen. Sie würde jeden einzelnen Moment mit ihm genießen, so einfach er auch sein mochte, und in dem Wissen, dass sie ihn sich verdient hatte.

Sie schmiegte sich enger an ihn, atmete seinen Geruch ein, einen subtilen Moschusduft, der sie immer verrückt gemacht hatte. Als sie sich jedoch bewegte, regte sich auch Michael. Er fuhr mit einer Hand durch ihre Haare, eine beruhigende Bewegung, und dann küsste er sie auf die Stirn. Sie seufzten beide zufrieden, froh darüber, einfach nur schweigend dazuliegen.

„Wird es von nun an immer so sein?", fragte Laurel. „Ich und ... du."

Er streichelte weiter ihre Haare. „Das ist es, was ich will. Wenn du mich nimmst, mit all meinen Fehlern."

Glücksgefühle durchströmten Laurel, und sie lächelte und seufzte vor Erleichterung. Fast hätte sie vergessen zu antworten: „Ich möchte nie wieder von dir getrennt sein."

„Gut. Denn, Laurel, ich glaube, wir sind Gefährten."

Es hatte einmal eine Zeit gegeben, da hatte sie dasselbe gedacht. Damals, bevor diese ganze Verwirrung zwischen ihnen passiert war, die sie an ihren Instinkten hatte zweifeln lassen. Jetzt, wo sie mit Michael zusammen war und alles andere in der Vergangenheit lag, war sie sich sicher, dass sie die ganze Zeit über recht gehabt hatte. Die Verbindung, die sie immer zwischen ihm und ihr gespürt hatte, war das, was ihr solch große Schmerzen bereitet hatte, wenn er sie weggestoßen hatte. Und jetzt, da sie nebeneinanderlagen und zusammen waren, fühlte es sich an, als wäre das Loch in ihrem Herzen endlich geflickt worden. Zum ersten Mal in ihrem Leben fühlte sie sich wirklich ganz – ein Gefühl, das sie für den Rest ihres Lebens behalten wollte.

„Ich glaube, du hast recht." Sie schloss die Augen und pures Glück strömte durch ihre Poren. Michael fühlte sich warm neben ihr an, und er schlang seine Arme um sie und hüllte sie ganz in sich ein. „Ich glaube, das sollte so sein."

„Es fühlt sich fast zu gut an, um wahr zu sein", sagte Michael. „Ich fand immer, dass du wunderschön bist, aber da du Troys kleine Schwester bist, wollte ich dich immer nur als das sehen."

„Ein grober Fehler."

Er seufzte tief. „Ja. Erst als du einundzwanzig geworden bist, habe ich wirklich angefangen zu vermuten, dass da mehr zwischen uns sein könnte. Meine Zuneigung, die ich dir gegenüber empfand, war nur ein Bruchteil dessen, was sie jetzt ist, aber sie war immer noch stark genug, um mir Angst zu machen."

„Ich kümmere mich nicht mehr darum, was früher war. Kümmern wir uns nur um die Gegenwart und wohin die Zukunft führt."

„Und wohin führt sie?", fragte Michael und hob eine Augenbraue.

Laurel beugte sich vor und küsste ihn, was kleine, warme Funken über ihre Haut prickeln ließ. „Ich weiß es nicht", erwiderte sie zwischen ihren Küssen. „Ich weiß nur, dass wir jetzt hier sind, und du hast zwei Wochen frei, um die zwei Jahre, die du vergeudet hast, wiedergutzumachen."

Michaels Hände glitten ihren Rücken hinunter, und er drückte ihren festen Po. Sie kicherte in seinen Mund, und er knabberte an ihrer Zunge. „Ich werde mein Bestes tun, vor allem, wenn es bedeutet, dass ich jeden Morgen mit dir aufwachen werde."

Sie stöhnte leicht und streichelte seinen Körper überall. Seine Muskeln spannten sich unter ihrer Berührung an. Sie waren fest und sexy, genau wie der Rest von ihm, aber das war nicht das, wonach sie gesucht hatte. Sie fuhr mit ihren Fingern in Kreisen seinen Bauch hinunter, bis sie seinen härter werdenden Schwanz fand und ihn in die Hand nahm. Sie streichelte ihn, zuerst langsam, und er stöhnte in ihren Mund.

„Laurel ...", sagte er und keuchte leise.

Sie küsste ihn wieder, fester, und erzitterte beim Klang seiner Lust. „Du hast vergessen, dass du jetzt auch mein bist", sagte sie.

Sie streichelte seinen Schwanz schneller und strich über seine Eichel, bis er in ihrer Hand pochte und Michael in ihren Mund knurrte. Dann leckte sie über seine Lippen und schlug die Laken zurück, sodass er in seiner ganzen Pracht zu sehen war. Sein Anblick machte sie heiß vor Verlangen. Ihre Lust setzte sich tief in ihr fest, und Michael würde sie befriedigen müssen, sobald sie ihren Spaß mit ihm gehabt hatte.

Bevor er reagieren konnte, schlang sie ihre Lippen um seine Eichel und saugte daran. Michael atmete scharf ein und lehnte sich zurück in die Kissen. „Oh Gott, fühlt sich das gut an", stöhnte er.

Sie fuhr mit ihrer Zunge an seinem Schwanz entlang und nahm so viel von ihm in ihren Mund, wie sie konnte. Er pulsierte an ihrer Zunge, und sie wippte mit dem Kopf und saugte an ihm. Michael spannte sich unter ihr an, stöhnte, und Laurel wusste, dass sie absolute Macht über ihn hatte. Sie bewegte sich schneller, als er mit einer Hand ihren Hintern umfasste und dann zwischen ihre Beine glitt, um mit ihrer Klitoris zu spielen. Sie wiegte die Hüften gegen seine Hand, während sie ihren Kopf auf und ab bewegte. Ihrer beider Lust spiegelte sich im jeweils anderen.

Michaels andere Hand umfasste ihre Haare und führte sie damit an seinem Glied auf und ab, zog sie hoch und drückte sie nach unten, bis Laurel keine Luft mehr bekam. Gleichzeitig drangen seine Finger in sie ein und bewegten sich in kreisenden Bewegungen in ihr, wovon sie ohnehin außer Atem gewesen wäre. Sie zitterten beide, und ihre Lust stieg ins Unermessliche. Schließlich ließ er sie los, und ihr Kopf schoss nach oben. Sie schnappte nach Luft, aber das hielt sie nicht davon ab, sich zu nehmen, was sie brauchte. Sie brannte vor Verlangen nach ihm, und er war der Einzige, der dieses Feuer löschen konnte.

Sie positionierte sich über Michaels Hüften, verschwendete keine Zeit und setzte sich auf ihn. Sie stießen beide ein lautes Keuchen aus, als sie sich um ihn herum ausdehnte, und Michael versuchte, sie zu einem weiteren Kuss herunterzuziehen. Obwohl Laurel verzweifelt nach ihm verlangte, hatte sie in diesem Augenblick andere Prioritäten. Er war in ihr, heiß und pochend, und sie brauchte ihn, um absolute Glückseligkeit zu erreichen.

Sie nahm seine Hände von ihren Hüften und legte sie auf ihre Brüste. Er drückte sie, was Schauer der Erregung durch ihren Körper hindurchsandte. Jeder Druck schürte das Feuer in ihrem Bauch, und als er begann, mit ihren Brustwarzen zu spielen, verwandelte sich Laurel in ein wildes Tier. Sie wölbte den Rücken, beugte sich nach hinten und wiegte ihre Hüften, um Michael in sich zu bewegen und ihn dabei so tief wie möglich in sich zu halten.

Er gehorchte ihr jedoch nicht lange, und eine Hand verließ ihre Brust, strich über ihren Bauch, und dann drückte er seinen Daumen auf ihre Klitoris. Laurel verkrampfte sich bei seiner Berührung und stöhnte bei diesem überwältigenden Lustgefühl.

„Genau so", schrie sie und warf den Kopf wieder zurück. „Oh, Gott."

Laurel hob ihre Hüften und bewegte sich mit Michaels Schwanz in sich auf und ab, während er mit ihr spielte. Es wurde so intensiv, dass sich ihre Muskeln anspannten. Das Feuer in ihr begann zu brodeln und zu lodern, und sie näherte sich ihrem Höhepunkt immer schneller. Während Laurels Verstand kaum noch funktionierte, schaffte sie es, ihren Körper in Bewegung zu halten. Hoch, runter, mit Michaels Hilfe, einer festen Hand auf ihrem Hintern, die sie anhob und im Einklang mit ihrem verzweifelten, animalischen Stöhnen wieder nach unten drückte.

Und schließlich war es für Laurel zu viel. Das Feuer verwandelte sich in einen Flächenbrand, und sie explodierte. Überwältigende Lust raubte ihr die Sicht, und ihre Drachin erwachte mit einem Brüllen in ihr. Sie bebte auf Michael, kippte nach vorne, und ein unzusammenhängender Wortschwall verließ ihren Mund. Er schlang seine Arme um sie und hielt sie fest, während er in sie stieß und sich mit einem Knurren in ihr Ohr in ihr ergoss. Als auch er langsamer wurde, kehrte sie langsam wieder in die Wirklichkeit zurück.

Sie lag neben ihm, keuchend, unfähig, richtig zu atmen, eine ganze Minute lang. Und langsam kam sie wieder zu sich. Ein paar Minuten lang fühlte es sich an, als hätte Michael sie auf einen anderen Planeten geschickt. Der Sex wurde immer besser und besser, und Laurel fragte sich, ob das daran lag, dass sie sich endlich gegenseitig als Gefährten beansprucht hatten. Aber ihr Verstand war immer noch nicht voll funktionsfähig, und sie beschäftigte sich nicht lange mit dem Gedanken, nur mit dem Gefühl von Michael neben ihr, dem Kitzeln seines Atems an ihrer Wange.

„Ich könnte fast wieder einschlafen", sagte Laurel nach einer Weile.

„Schlaf, wenn du willst." Michael küsste ihr Ohr und saugte an ihrem Ohrläppchen, was ihr erneute Schauer über den Rücken jagte. „Und wenn wir aufwachen, machen wir es noch mal."

Laurel lächelte und küsste ihn. „Du bist unersättlich."

„Du auch."

„Du weißt, dass ich es bin."

Sie schmiegte sich an seine Schulter, und eine Weile lagen sie einfach nur mit geschlossenen Augen da. Als Laurel ihren Atem endlich wieder unter Kontrolle hatte und auch ihr Verstand wieder funktionierte, dachte sie daran, was als Nächstes passieren würde. Es war so seltsam, von dem Gefühl absoluten Schmerzes und Wertlosigkeit zum Gegenteil überzugehen: zu reinster Glückseligkeit, mit dem Mann ihrer Träume.

Vielleicht war es noch zu früh, um zu entscheiden, was sie jetzt tun sollten. Aber Laurel wusste mit Sicherheit, dass sie und Michael es gemeinsam durchstehen würden, egal was es war. Und nichts würde die Kraft ihrer Liebe jemals wieder schwächen können.

Sie hatte jedoch bereits eine genaue Vorstellung, womit sie anfangen könnten.

15

MICHAEL

M ichael war – zugegebenermaßen – so nervös wie nie zuvor, als er am Tisch neben Laurel Platz nahm. Sie lächelte ihn an, schien seine Nervosität zu bemerken und rieb beruhigend seinen Arm.

„Es ist alles gut. Es gibt nichts, worüber du dir Sorgen machen müsstest", sagte Laurel. Sie küsste ihn sicherheitshalber auch auf die Wange. „Troy hat dich immer gemocht. Daran wird sich nichts ändern, vor allem, wenn er sieht, wie glücklich wir zusammen sind."

Michael berührte ihre Hand unter dem Tisch und drückte sie. „Ich weiß. Es ist nur so, dass ich mir nach allem, was passiert ist, Sorgen mache, dass er es mir übelnimmt, wie ich dich früher behandelt habe."

„Nun, ich nicht. Und wenn er es doch tun sollte, bekommt er es auch mit mir zu tun."

Die Kellnerin brachte ihnen jeweils ein Glas Wasser und stellte auch eines auf den Platz ihnen gegenüber. Michael trank sofort einen Schluck, und die kühle Flüssigkeit ließ seine Sorgen verfliegen. Er musste darauf vertrauen, dass Laurel recht hatte. Sie kannte Troy besser als jeder andere.

Michael wollte nur wirklich seine Zustimmung, Laurel zuliebe. Andernfalls könnte es unangenehm werden. Und obwohl Michael damit würde umgehen können – und es seine Liebe zu Laurel nicht beeinträchtigen würde –, hatte sie schon genug durchgemacht und sollte sich der Unterstützung ihres Bruders sicher sein.

Morgen wäre Michael wieder bei der Arbeit. In den vergangenen zwei Wochen, seit die Wahrheit über ihn und Laurel bekanntgeworden war, hatte sich bereits so viel verändert. Nicht nur in ihren Leben und in der Arbeit, sondern auch für ihn als Person. Alles war nun mit Laurel verbunden, die Vergangenheit, die Gegenwart, die Zukunft – er konnte sich nicht vorstellen, irgendetwas ohne sie zu tun.

Nur wenige Tage, nachdem sie festgestellt hatten, dass sie zusammengehörten, hatte Laurel ihn gefragt, ob sie bei ihm einziehen könnte. Nicht nur, weil sie nicht mehr getrennt sein wollten, sondern auch zu ihrer Sicherheit. Sie fühlten sich beide viel wohler, dass sie in seiner Villa wohnte, da diese mit fast ebenso vielen Barrieren geschützt war wie die InnoCell-Zentrale. Sie schien jetzt auch viel glücklicher zu sein, und Michael hatte den Eindruck, dass das an ihm lag – denn für ihn war sie es, die jeden Tag für ihn schöner und heller machte.

„Hey, ihr zwei", sagte Troy plötzlich und nahm auf der anderen Seite des Tisches Platz.

Michael war so in seine eigenen Gedanken versunken gewesen, dass er Troy nicht einmal hatte kommen sehen. Dieser sah ebenfalls viel besser aus als das letzte Mal, als Michael ihn gesehen hatte. Damals waren beide durch den Drachenangriff und die Explosion in einem ziemlich desolaten Zustand gewesen. Aber es ging darüber hinaus: Vielleicht kehrte bei InnoCell langsam wieder Normalität ein.

„Schön, dass du Zeit hattest", erwiderte Michael. Er hatte immer noch Laurels Hand unter dem Tisch in der seinen und drückte sie. „Wie geht es dir?"

Troy überflog die Speisekarte, während er antwortete. „Es läuft gut. Liam ist endlich zuversichtlich, dass wir alle verbliebenen Sicherheitslücken behoben haben, also herrscht langsam wieder Normalität." Er hob den Blick und schaute rasch von Michael zu Laurel. „Na ja. Ich nehme an, ihr habt mich nicht zum Mittagessen gebeten, um über die Arbeit zu sprechen. Du bist doch morgen wieder da, oder? Ich werde dich dann über alles informieren."

„Willst du damit andeuten, dass wir kein normales Mittagessen haben können und du lieber in meine Wohnung gestürmt wärst, um nachzusehen, ob ich noch am Leben bin?", fragte Laurel, und ihre Augen leuchteten vor Belustigung.

Michael runzelte die Stirn. „Ist das schon mal passiert?"

„Öfter, als ich es zählen könnte", antwortete Troy. „Das gehörte langsam schon zum Standard, wirklich. Es muss also schon etwas Besonderes sein, wenn du mich in ein Restaurant gebeten hast."

Laurel trat ihn unter den Tisch. „Halt die Klappe." Aber sie lachte dabei.

„Autsch. Ich sage nur, wie ich es sehe."

„Du hast trotzdem recht", sagte Michael. Er legte seine und Laurels ineinander verschränkten Hände auf den Tisch, sodass Troy sie sehen konnte. „Es gibt noch etwas, worüber wir mit dir reden wollten." Dann begegnete er Laurels golden glänzenden Augen, die voller Licht, Liebe und Glück waren. Michael vergaß fast, was er hatte sagen wollen. Sie nahm alle seine Gedanken in Beschlag und wärmte sein Inneres dank ihrer bloßen Anwesenheit. Laurel hatte ihm beigebracht, wie man liebt.

„Das wurde aber auch langsam Zeit", sagte Troy
beiläufig und legte die Speisekarte beiseite.

Michael und Laurel tauschten einen weiteren Blick aus,
aber diesmal eher einen verwirrten.

„Was meinst du damit?", fragte Laurel.

„Michael war mein ganzes Leben lang einer meiner
besten Freunde, und du bist meine Schwester. Glaubst du
wirklich, ich hätte nicht gesehen, was zwischen euch beiden
passiert, noch bevor ihr euch wie liebestolle Teenager
benommen habt? Kommt schon." Sein Lächeln war nicht
sarkastisch, sondern voller Glück und Stolz. „Ihr zwei wart
schon immer füreinander bestimmt. Es war an der Zeit, dass
ihr das endlich erkennt. Das ist alles ein Teil meiner Magie."

Laurel schniefte, und Michael drehte den Kopf zu ihr
und sah, dass sie angefangen hatte zu weinen. Nicht, weil sie
traurig war, sondern aus reiner Freude. „Du Idiot ...", sagte
sie und lachte wieder. „Du hast es die ganze Zeit gewusst
und uns wie verrückte Hühner herumlaufen lassen."

„Das stimmt überhaupt nicht", sagte Troy und grinste.
„Ich habe versucht, euch beiden einen leichten Schubser zu
geben. Aber leider hab ihr euch so dämlich angestellt, dass
ich alles nur noch schlimmer gemacht habe."

Michael verstand endlich, warum Troy sich so sehr
bemüht hatte, Laurel zu seiner persönlichen Assistentin zu
machen. Er hatte wahrscheinlich gesehen, wie sehr Laurel
in ihrem Privatleben zu kämpfen hatte, auch wenn es ihr
beruflich gut gegangen war, bevor sie ihren Job verloren
hatte. Als er Michael und Laurel zusammengebracht hatte,
war es gar nicht darum gegangen, ihr einen Job zu
verschaffen und Michael damit zu helfen.

„Du hinterhältiger Bastard", sagte Michael.

„Ich hätte es nicht nötig gehabt, hinterhältig zu sein,
wenn einer von euch gesunden Menschenverstand hätte",

sagte Troy. „Aber am Ende hat alles geklappt, und ich denke, wir können alle froh darüber sein. Du siehst deutlich besser aus, Laurel, und nichts macht mich glücklicher als das."

„Danke", erwiderte diese. Sie wischte sich die letzten Tränen weg. „Wie wäre es, wenn wir uns jetzt *endlich* unser Mittagessen bestellen? Ich bin am Verhungern."

Michael grinste und fühlte sich jetzt so leicht, dass sich auch die allerletzten Sorgen in Nichts auflösten. Es fühlte sich alles zu gut an, um wahr zu sein: Er hatte seine Gefährtin, die Frau seiner Träume, und die Unterstützung von Troy, einem seiner engsten Freunde. Nichts hätte ihn glücklicher machen können, und jetzt hatten Michael und Laurel nur noch die Aufgabe, nach vorne zu schauen und ihr neues Leben gemeinsam zu gestalten.

Sie würden jeden Schritt dieses Weges genießen.

ENDE

Hallo! Ich hoffe, es hat Dir Spaß gemacht, die Geschichte von Laurel und Michael zu lesen. Möchtest Du auch die Geschichte von Anna und Troy lesen in Buch 3 von **Drachen-Milliardärsimperium**

DONNERDRACHE

Ich habe sie vor Jahren das letzte Mal gesehen.
Es vergeht jedoch kaum ein Tag, an dem ich nicht an sie
denke.
Mit meiner Geheimniskrämerei habe ich ihr damals das
Herz gebrochen.
Ich dachte, es wäre das Beste für sie. Aber ich habe mir nur
etwas vorgemacht.
Und nun steht sie mir im Konferenzraum gegenüber, und
ich verliere langsam den Verstand.
Mittlerweile sind wir älter. Klüger. Reifer.
Würde sie immer noch erbeben, wenn ich mit den Fingern
entlang ihrer Oberschenkel fahren würde?
Würde sie immer noch keuchen, wenn ich an der Stelle
direkt unter ihrem Ohr knabbern würde?
Ich muss es herausfinden, koste es, was es wolle.
Ein wilder, animalischer Teil von mir will sie wieder ganz
für sich beanspruchen.
Sie hat es wieder getan.
Auch wenn ich weiß, dass es keine Absicht von ihr war:
Sie hat die Bestie in mir geweckt ...

ÜBER JADA COX

Jada Cox ist völlig vernarrt in diese drei Dinge: ihren zauberhaften Sohn, ihren gut aussehenden Ehemann, der einem Bärengestaltwandler zum Verwechseln ähnlich sieht, und in das Schreiben von Gestaltwandler-Liebesgeschichten. Sie hat das große Glück, dass all diese Dinge Teil ihres Lebens sind! In Jada Cox Büchern wimmelt es von starken Frauen, super-sexy Gestaltwandlern und rasanten Action-szenen. Werfe auch einen Blick in ihre Bücher und tauche ein in diese faszinierende Welt.

Besuche meine Autorenseite auf Amazon und klicke auf "Folgen", um Benachrichtigungen zu Neuerscheinungen zu erhalten.

Für noch mehr Updates, Previews und Angebote besuche und like meine Facebookseite.

BÜCHER VON JADA COX

"Drachen-Schatzinsel" Buchreihe

Eine warme, herrliche Insel voller Edelsteine, Gold und ... heißer Drachen. Ja, das ist der Stoff, aus dem Frauenträume gemacht sind. Diese Drachen bewachen die Insel und ihre Schätze, aber wenn sie die Frau erblicken, für die sie bestimmt sind, haben sie ganz andere Dinge im Kopf: sich zu paaren, sie zu beschützen, koste es, was es wolle – und ein Kind zu zeugen ...

Perlendrache

Golddrache

Saphirdrache

Rubindrache

Diamantdrache

Opaldrache

"Drachen-Milliardärsimperium" Buchreihe

Sechs heiße Drachen, die den Himmel und die Herzen

der Frauen beherrschen ... Willkommen beim Drachen-Milliardärsimperium, wo Geld, Ruhm und Reichtum nur das Fundament für etwas viel Größeres bilden: leidenschaftliche Liebe und magische Gefährtenverbindungen.

Magmadrache
Eisdrache
Donnerdrache
Bergdrache
Schattendrache
Eisendrache

"Villa der Drachen" Buchreihe

In „Villa der Drachen" geht es um sechs super-sexy, muskelbepackte Drachen, die jede Frau dahinschmelzen lassen und andere Männer neidisch machen. Sobald du ihr vor Testosteron triefendes Haus betrittst, ist es um dich geschehen. Also lass dir eines gesagt sein: Geh nie dort hinein. Besonders nicht allein.

Milliardär Drache
Böser Drache
Großer Drache
Dreister Drache
Feuriger Drache
Dominanter Drache

"Elementardrachen" Buchreihe

„Elementardrachen" ist eine Buchreihe mit paranor-

malen Liebesgeschichten über sechs sehr heiße Drachen-
brüder mit ausgeprägtem Beschützerinstinkt, die alles dafür
tun würden, um ihre Seelengefährtinnen vor Unheil zu
bewahren.

Des Drachen Nanny
Des Drachen Baby
Des Drachen Leihmutter
Des Drachen vorgetäuschte Freundin
Die drei Gefährten der Drachin